U0492350

三岛 由纪夫

三島由纪夫

潮骚（しおさい）

潮骚

（日）三島由纪夫 著

岳远坤 译

雅众文化　出品

目　录

I

第一章

歌岛是一个人口不到一千四百、周围不足四公里的小岛。

歌岛上有两处风景最美。其中一处是面朝西北建于山顶附近的八代神社。

从这个地方远望，小岛所在的伊势海周边一览无遗。北方的知多半岛朝这边迫近，渥美半岛由东向北延伸，连接宇治山田和四日市的海岸线在西方若隐若现。

登上两百级石阶，有一尊石狮子驻守在鸟居[1]前。站在这里转身回望，可以看到伊势海包围在这种远景中，依然保留着上古的风貌。此处原本有一棵因枝叶交错形似鸟居

1　鸟居，一种类似牌坊的日本建筑，一般建于神社前，鸟居后面即是神灵镇守之地。

而得名的“鸟居松”，为风景配上一个别有情致的画框，但几年前却枯死了。

松枝刚刚泛出新绿，海岸附近的海面已经被春天的海藻染成丹红。来自西北的季风不停地从津市的湾口吹过来。春寒料峭，此处还没到欣赏风景的时节。

八代神社里供奉着绵津见海神。这种海神信仰是从渔夫们的生活中自然产生的。他们每日祈祷海上风平浪静，若遭遇海难而不死，回来后要做的第一件事就是到这座神社敬献香资。

八代神社的镇社之宝是六十六面铜镜。其中既有八世纪左右的葡萄镜，也有全日本仅存十五六面的中国六朝铜镜仿品。雕刻在铜镜背面的鹿或松鼠等瑞兽，都是在遥远的古昔由波斯的森林出发，翻山越岭，远渡重洋，穿越大半个世界，最后来到这个岛上常住下来。

岛上还有一处风景最美，那就是位于东山顶附近的灯塔。

灯塔所在的悬崖下面，伊良湖水道的海流声不绝于耳。连接伊势湾和太平洋的这扇狭窄海门，有风的日子必会卷起许多漩涡。水道对面，渥美半岛的鼻端朝这边伸过来。荒凉的海岸上乱石丛生，伊良湖岬小小的无人灯塔矗立在那里。

从歌岛的灯塔上向东南方向远望，可以看到太平洋的一角。半岛上群山连绵，隔开东北方向的渥美湾。西风遒劲的拂晓时分，甚至可以在群山之间望见远方的富士山。

无数的渔船漂浮在海面上，密密麻麻地从海湾延伸到外洋。从名古屋或者四日市的港口出航或者开往两个港口的汽船，在这些渔船的缝隙间穿梭，经过伊良湖水道时，灯塔的瞭望员马上就能通过望远镜辨识出汽船的名称。

三井系统的货船、载重一千九百吨的十胜丸开进了望远镜的视野。两个穿着蓝色水手服的船员站在船上，一边踏步一边交谈。

过了一会儿，又有一艘名为“克里斯曼号”的英国船靠岸。在上甲板上玩套圈游戏的船员的小小身影清晰可见。

瞭望员坐在瞭望室的办公桌前，在过往船只记录册上记下船名、信号符号和经过时间，然后将其编成电文发送出去。正因如此，港口的货主才得以提前做好装卸货的准备。

下午，落日被东山遮挡，灯塔周围蒙上阴翳。明亮的大海上方，雄鹰舞动，就像是要在广阔的天空中试练自己的双翼，交替收起两边的翅膀。眼看着就要俯冲下来，谁知它却兀地停下，急速向后回旋，展开双翅转为翱翔之姿。

天色完全暗了下来。一个年轻的渔夫手提一条大比目鱼，匆匆迈着步子，走在从村口一路上行通往灯塔的山路上。

他去年刚从新制中学毕业，今年十八岁，身材魁梧高大，只有稚气未脱的脸庞与年龄相符。皮肤晒得不能再黑了。鼻子的形状美观，体现出小岛居民的特点。双唇皲裂，乌黑的双眸清澈如水。这是大海对渔民的馈赠，而绝非来自知性的打磨。因为，他的学习成绩真的是一塌糊涂。

打了一天鱼，他身上依然一身劳动装束，穿着父亲留下来的裤子和粗陋的上衣。

年轻人穿过万籁俱寂的小学校园，登上水车旁的斜坡。沿石阶上山，转到八代神社后面。神社的院子里盛开着桃花，在暮色中显出一片苍茫。从这里走到灯塔，用不了十分钟。

这条山路崎岖坎坷，不熟悉的人即便是在白天也会摔跤，可是这个年轻人就算闭着眼睛，也能轻松地避开裸露的树根和岩石。就像现在这样，即便心有所思，也不会被绊倒。

载着年轻人的太平丸渔船，刚刚迎着夕阳的余晖回到歌岛港。年轻人和船长、另外一个伙伴一起，每天驾驶这艘小小的动力船出海打鱼。返回港口后，他先把打来的鱼交放到渔民合作社的船上，然后把小船开回海滨，手上提着送给灯塔长的比目鱼，准备先回一趟家，走到了海滩上。薄暮笼罩的海滩依然人声嘈杂，人们喊着号子把一艘艘渔船拉上岸来。

一个素不相识的少女把一个叫作“算盘”的结实的木框插在沙子里，倚在上面休息。卷扬机把渔船拉上岸时，用这个木框顶住船底，一点点地向上挪移。少女像是刚刚做完这个工作，停下来稍作休息。

她的额头闪着汗珠，脸颊像火一样通红。西风凛冽地吹着，而在劳动中涨红了脸的少女却特意迎着风，任由寒风吹拂秀发，好像十分享受。她上身穿着棉坎肩，下身穿着劳动裤，手上戴着一副脏兮兮的棉线手套。健康的肤色与别的女人没有什么不同，但眉眼娴静清秀。她目不转睛地盯着西方大海的上空。夕阳的一点朱红落进了黑黢黢的积云中。

年轻人没有见过这张脸。在歌岛上不可能还有他没见过的人。若是岛外的人，一眼就能看出来。可是，看这少女的打扮，却并不像是来自岛外。只是她出神地望着大海的模样，与岛上那些活泼的少女有所不同。

年轻人故意从少女面前走过。他就像个好奇的孩子盯着一个珍奇的物件，站在少女对面紧紧地盯着她。少女微微蹙起双眉，仍然盯着远方的大海，没有回视年轻人。

沉默寡言的年轻人检视完毕，就迈着大步离开了。当时只是沉浸在好奇心得到满足的幸福中，直到登上通往灯塔的这条山路，他才意识到方才的失礼，脸上泛出羞耻之情。

透过松树林，青年俯瞰下方汹涌涨潮的大海。月亮还未升起，海面上漆黑一片。

这里有一个“女人坡”，传说在此会迎面撞上高大的女妖。转过“女人坡”，就看到了灯塔上明亮的窗，高高地悬在夜空上。那光亮温暖了青年的眼睛。因为，村里的发电机已经坏了很久，村子里只能看到油灯昏暗的光。

他隔三岔五地给灯塔长送鱼，是因为感念他的恩情。在新制中学毕业时，年轻人没有通过毕业考试，差点要留级一年，无法如期毕业。母亲经常去灯塔附近捡一些引火用的松叶，一来二去就和灯塔长太太熟络起来。她说若儿子不能顺利毕业，家里的生计恐怕就没有着落。灯塔长太太将这件事告诉了灯塔长。灯塔长与中学校长私交甚笃。多亏他去跟校长说情，年轻人才免于留级，顺利拿到了毕业证书。

中学毕业后，年轻人开始出海打鱼。常常把打来的鱼送到灯塔长家，有时还帮着他们跑腿买东西。灯塔长夫妇都很喜欢他。

灯塔的水泥台阶前，是灯塔长公宅，旁边有一块小小的农田。灯塔长太太的身影在厨房的玻璃门上晃动。她好像正在做饭。年轻人在外面喊了一声。太太打开了门。

“哟，是新治啊。”

太太接过年轻人默默递过来的比目鱼，大声朝里面喊道：

“他爹，久保家送鱼来了。”

里面传来灯塔长质朴的声音：

“多谢，多谢。新治，进来坐坐再走吧。”

年轻人站在门口，神态扭捏。比目鱼已被放进白色搪瓷盆里。从微微喘息的鱼鳃中流出来的鲜血，渗进了比目鱼光滑白嫩的肌肤里。

第二章

第二天一早，新治又乘上船长的渔船出海打鱼了。黎明的天空挂着一层薄薄的阴云，白茫茫地映在海面上。

到渔场大约需要一个小时。新治系着一条皮革围裙，从胸口垂到膝盖。腿上穿着一双过膝的胶靴，手上戴着橡胶长手套。黎明的天空灰蒙蒙的，渔船朝着太平洋的方向行驶。新治站在船头望着前方，回忆着昨天从灯塔回家后到就寝之间的事情。

……狭小的房间里，炉灶旁吊着一盏油灯。昏暗的灯光下，母亲和弟弟正等待新治回来。弟弟今年十二岁。战争的最后一年，父亲在机枪扫射中中弹身亡。此后几年间，寡母靠着当渔娘的微薄收入，一人撑起一家的生计，直到新治像这样开始工作了。

“灯塔长挺高兴吧？”

“嗯，他一个劲儿地让我到家里坐坐，请我喝了可可。”

“可可是啥?”

“一种洋玩意儿，跟小豆汤差不多。”

母亲对烹饪一窍不通。打回来的鱼，要么直接生着吃，要么简单腌一下，要么整个烤着吃或煮着吃，仅此而已。新治带回来的竹麦鱼，已经整个煮好放在盘子里。由于煮之前没有好好清洗，吃的时候常常咬到沙子。

新治期待吃饭时能听母亲提起那个陌生的少女。但母亲生性不爱唠叨，也不爱说别人的闲话。

吃完饭，新治带着弟弟去了澡堂。他想在澡堂里听听人们的闲话。时间太晚了，澡堂里没有几个人，水也脏了。渔业工会的会长和邮局局长坐在浴池里，高声谈论着政治问题。粗哑的嗓音撞到天花板上，传来回声。兄弟对两人以目致礼，然后走到浴池的角落。新治竖起耳朵，仔细听二人聊天，可他们始终只是谈论政治问题，完全没有要提及少女的意思。才过了一会儿，弟弟就匆匆离开了浴池。新治也跟着走了出来，问起缘故，才知道弟弟阿宏今天玩击剑游戏时，用刀打了会长家儿子的头，把人家打哭了。

那天晚上，发生了一件怪事。原本很容易入睡的新治躺下后迟迟无法入眠。这个从未生过病的年轻人甚至担心自己生了病。

……这种奇妙的不安一直持续到今天早晨。现在，当他站到船头，看着眼前的汪洋大海时，身体又马上充满了熟悉的劳动活力，心中的不安也自然烟消云散了。小船随着发动机的振动微微颤抖，凛冽的晨风击打着年轻人的脸颊。

右边高耸的悬崖上，灯塔的信号灯已经熄灭。早春黑褐色的树丛下方，伊良湖水道的海浪溅起水花，为阴翳的晨景添了一抹莹白。船长熟练地摇着橹，太平丸渔船平稳地驶过水道的漩涡。若是大型船只，则务必要小心。这里有两处冒着水泡的暗礁，大型渔船只有从这两处暗礁之间的狭窄航道中通过，才能平安驶过水道。这里水深约有一两百米，而暗礁处的水深却只有二三十米。而且，从航标到太平洋一带的水底放着很多捕章鱼的陶罐。

歌岛每年的海鲜收获中八成都是章鱼。春分过后，就要迎来长枪乌贼的渔期，去年十一月份开始的章鱼渔期也已经进入尾声。冬天的伊势内海水温冰冷，章鱼为了避寒，躲到太平洋的深处，正好落入陶罐。如今，陶罐捕章鱼的季节已经过了。

对于经验丰富的渔夫而言，歌岛太平洋一侧的浅海就像自家的庭院。他们对海底的情况了如指掌。

“海底漆黑一片，咱们跟盲人按摩师傅没啥两样。”

他们都这样说。他们用罗盘针辨识方向，以远方海岬的大山为参照，确定渔船的位置。确定了位置，就掌握了海底的地形。海底整齐摆放着很多绳子，每条绳子上都拴着一百多个捕章陶罐。绳子上的浮漂在海面上随着海浪摇摆。经验丰富的捕鱼长掌握捕鱼技术，他既是这艘渔船的船长，也是两个年轻人的师傅。新治和另外一个叫作龙二的年轻人只需要卖力地干力气活就可以了。

捕鱼长名叫大山十吉，脸庞就像被海风鞣过的皮革，连深深的皱纹里面都晒得黝黑，手掌的皮肤粗糙，发黄的老茧和结痂的伤疤黏连在一起，难以区分。他生性寡言沉静，不苟言笑。指挥同伴捕鱼时会大声喊，但从不曾因为生气而大呼小叫。

出海打鱼期间，十吉一般站在船尾的船橹旁边，单手调节发动机。开到大海上，这才看到很多渔船早已聚集于此，大家互致早安。十吉调低发动机的马力，把船开到自家的渔场，示意新治把传送带缠在发动机上，然后绑到船舷的滚轴上。渔船沿拴着陶罐的缆绳徐徐前进时，传送带转动船舷外的滑轮。两个年轻人将拴着陶罐的缆绳穿过滑轮，交替着把陶罐拉上船。手一刻也不能停下，不然缆绳就可能打滑，而且被海水浸湿的缆绳变得很沉，只有通过人力的辅助才能拽上来。

海平线上的朝云蕴含着淡淡的阳光。两三只鸬鹚朝水面伸出长长的脖子，在海面上游来游去。远方歌岛上朝南的断崖已经被群栖在那里的鸬鹚的粪便染成了白色。

寒风凛冽，但新治看着深蓝的大海，却感觉到体内涌出一种催汗的劳动活力。滑轮开始转动。沉重的湿绳从海里拉上来。新治戴着皮革手套，握住湿冷僵硬的绳子。绳子卷起后通过滑轮，溅出像冰雨一样的水花。

接着，红土色的陶罐从海水中露了出来。在一旁等候的龙二，若发现陶罐是空的，便迅速抓住陶罐，不让它碰到滑轮，倒空里面的海水，再让它随着下降的绳子沉到海底。

新治单脚稳稳地站在船头，叉开双腿，与大海中的某种力量不停地较量着。绳子一点点地被拉过来。新治赢了。但大海也没有认输，它好像嘲笑似的，把空空的陶罐一个接一个地送上来。

间隔七米到十米的陶罐已有二十几个都是空的。新治拉绳子，龙二倒水。十吉面不改色地站在一旁，单手扶着船橹，默默地看着两个年轻人卖力地工作。

新治的后背一点点地渗出汗水。迎着晨风的额头闪烁着汗珠。双颊发烫。阳光终于透过云层，照着两个年轻人跃动的身姿，在他们的脚边投下淡淡的影子。

这次拉上来的陶罐，龙二没有朝海里倒，而是朝船上倒了过来。十吉停止转动滑轮，新治这才回头看向陶罐。龙二拿木棒往陶罐里戳了一下。章鱼仍旧不肯出来。他又用木棒搅动。章鱼就像一个在睡午觉时被吵醒的人，悻悻地从陶罐里滑出来，蜷缩成一团。机械室门前放着一个大鱼篓，盖子掀了起来。今天的第一份收获品发出沉闷的响声，如雪崩一般滚落到筐底。

整个上午，太平丸渔船都在捕章作业中度过。结果也只捕到了五只。风停了，阳光和煦地洒落。太平丸渔船驶过伊良湖水道，返回伊势海。他们要在那里的禁渔区偷偷地张钓钩。

所谓张钓钩，是一种捕鱼法——开着船在海底张开像熊掌一样的钓钩进行捕鱼的方法。在一根粗大的缆绳上拴了很多绳子，每根绳子上都拴上钓钩，然后将缆绳水平放进海底。过了一会儿，缆绳被拉上来，四条牛尾鱼和三条舌头鱼挂在钓钩上，挣扎着溅出水滴。新治徒手把它们从钓钩上解下来。牛尾鱼掉在船板上，在血泊中翻着白色的肚皮。舌头鱼褶皱间的小眼睛里、湿漉漉的黑色鱼体上，映出蔚蓝的天空。

午饭时间到了。十吉在动力机的盖子上料理了一条刚钓上来的牛尾鱼，做成生鱼片，分放到三人的铝制饭盒里，然后拿起随身携带的小瓶酱油，洒在生鱼片上。三人端起饭盒。饭盒里盛着荞麦饭，角落里放着几片腌咸菜。小船在平缓的海浪中轻轻地摇晃。

“宫田照吉老爷把女儿要回来了，这事儿你俩听说了吗?”十吉突然开口道。

“不知道。”

“不知道。”

两个年轻人都摇了摇头。于是，十吉讲道。

“宫田老爷家原本有四个女儿、一个儿子。家里女儿太多，三个嫁了出去，一个送给人家当了养女。最小的女儿叫初江，本来送给志摩老崎的一个渔娘当养女。宫田老爷死了老婆，去年独生子又得肺病死了。他突然感到膝下凄凉，最近把初江要了回来，让她认祖归宗，据说还打算招个上门女婿。初江出落得花容月貌，岛上的小伙子们都争着要去当上门女婿，可是热闹呢。你们俩要不要也去试一试?”

新治和龙二相视而笑。两人都羞红了脸，但因为皮肤晒得黝黑，看不出脸上的红晕。

新治内心已经确定，十吉所说的初江就是他昨天在海滨看到的那个姑娘。与此同时，他想到自己家境贫困，不由得开始气馁，昨天近在咫尺的姑娘仿佛已经远在天边。宫田照吉是个有钱的船老板，家里有一艘载重一百八十五吨的蒸汽机帆船——歌岛丸号，现在已经成为山川运输的货船，此外还有一艘载重九十五吨的渔船——春风号。而且，他是远近闻名的暴脾气，一头白发像狮鬃一样竖在头顶。

新治性格稳重踏实。他觉得自己才十八岁，现在还不着急讨老婆。城里的少年经常面临各种诱惑，但歌岛上既没有游戏厅，也没有酒楼，更没有陪酒女。所以，这个年轻人的理想很简单，那就是将来拥有一艘属于自己的蒸汽机帆船，和弟弟一起从事沿海运输的生意。

新治的周围是一片广袤的大海，但他从来没有做过不着边际的白日梦，没有梦想过驰骋海外。渔民对大海的感情，和农民对土地的感情一样。大海是他们生活的地方，就像土地上的稻穗和大麦，没有固定形状的白色浪穗在蔚蓝而敏感的软土上不停地摇曳起伏。

……然而，那天打鱼的工作结束后，年轻人看到一艘白色的货船从海平线上的暮云前方驶过，心中生出一种奇妙的感动。一种从未想过的广袤世界展现在眼前。这个未知的世界，就像一声远雷，在远方轰隆隆地响起，慢悠悠地传过来，又“咻”地消失了。

船头的船板上落着一只小小的海星，正慢慢地干枯。坐在船头的年轻人头上裹着一条厚厚的白毛巾，将视线从暮云处转开，轻轻地摇了摇头。

第三章

那天晚上，新治去参加了青年会的例会。所谓青年会，是一种年轻人的合宿制度，以前称为“寝屋”，现在改成了这个名字，依然广受年轻人的欢迎。比起自己家，他们更喜欢住进海边那个破败的小房子里。大家聚在一起，针对教育、卫生、沉船打捞、海难营救及年轻人的传统活动舞狮和盂兰盆舞等，进行认真而热烈的讨论。年轻人在那里感受到自己与社会的关联，体会到成年男子的社会担当，并从中感受到愉悦，为之振奋。

门窗的防雨板被海风吹得嘎哒嘎哒响，油灯的火焰随之摇曳，房间里忽明忽暗。灯影为年轻人的脸打上亮丽的彩妆。夜晚涨潮的大海朝这边逼近，潮水的轰鸣向年轻人讲述着大自然的不安与力量。

新治走了进去。房间里，一个年轻人趴在地板上 ，他的朋友正拿着一把锈迹斑斑的剃头刀为他理发。新治面带微笑，抱膝蹲在墙边。他通常只是这样默默地倾听别人陈述意见。

青年们互相炫耀自己今天的收获，肆无忌惮地放声大笑，毫不客气地互相指责。一个喜欢读书的青年正专心致志地读着常备杂志的过刊，另一个青年则以同样的热情沉迷在漫画书里。他们年纪不大，按着书页的手指却长得粗壮。有时读的时候没看懂，过了两三分钟才咯咯地大笑起来。

新治在这里又听到有关那个少女的事。一个满口龅牙的少年张开大嘴，哈哈笑了几声，说了一句“说到这个初江姑娘呀……”。房间里吵吵嚷嚷，只有这一句飘入耳中，接下来的话就被另一片笑声淹没，完全听不清了。

新治是个完全不爱思考的少年，可初江这个名字却像一个超级难题，让他心烦意乱。一听到这个名字，就面红、心跳。明明只是安静地坐在这里，身体却会产生这样的变化，就像剧烈劳动时一样。这让他感到异常恐惧。他用手心摸了一下自己的脸，感觉那滚烫的脸颊像是别人的。一种陌生的感情伤害了他的自尊，愤怒让他的脸颊变得更红了。

大家就这样等着支部长川本安夫的到来。安夫今年才十九岁，但出身村子里的大户人家，拥有统率大家的领导力。年纪轻轻的他，已经学会了摆架子，每次开会都要姗姗来迟。

门砰的一下推开了。安夫走了进来。他身材肥胖，长着一张红 脸膛，这是遗传自他的那个酒鬼父亲。面目虽然并不可憎，但稀疏的眉毛间透露着狡黠的目光。他操着一口标准的普通话，对大家说道：

“对不起，各位，我来晚了。我们抓紧时间讨论一下下个月的各项活动吧。”

说完，他在桌前落座，打开记事本。不知为何，他今天好像很着急。

“先说一下早先安排好的事情。一件是敬老会的活动，另一件是搬运修造农道的石材。另外，村委会拜托我们清理下水道，消除鼠害。以上这些，都在天气恶劣的休渔日进行。不过呢，老鼠倒是可以随时随地捉一捉，见到就捉，捉住直接杀掉。反正在下水道之外的地方杀只老鼠，又不会被警察抓走坐牢。”

大家哈哈大笑起来。

“啊哈哈，好嘞，好嘞。”有人回应道。

有人提议请校医讲一讲卫生常识，有人提议举办辩论大赛，但因为刚刚过了农历新年，年轻人已经厌倦了各种例行活动，大都兴致不高。然后，大家开始了手抄报《孤岛》的评议会。一个喜欢读书的年轻人在上面发表了一篇随笔，文章最后引用的魏尔伦的诗作，成了这次讨论的主要内容。

不觉之间，我悲伤的心，
因何展开双翅，战战兢兢，
疯狂地在大海的中央飞翔。

“战战兢兢是啥意思?”

“战战兢兢就是战战兢兢啊。”

“你写错了吧，应该是慌慌张张才对吧。”

“对啊，对啊，用慌慌张张这个词，才能呼应后面的‘疯狂’嘛。”

“魏尔伦是谁?”

“是一位法国的大诗人。”

“什么呀，你能看懂法国诗? 定是从哪首流行歌曲里抄来的吧。”

就这样，这次的例会也像往常一样，在大家的毒舌评论中结束了。支部长却与往常不同，一副行色匆匆的样子，急慌慌地离开了。新治不解，逮住一个朋友询问个中缘故。

“你不知道吗?”那个朋友说道，“宫田老爷把女儿要了回来，邀请他去参加庆贺晚宴。”

以前，例会结束后，新治会和朋友一起，一路说说笑笑地走回家。但是今天，没有受邀赴宴的新治一个人偷偷溜了出来，沿着海边走向通往八代神社的石阶。在依山而建的很多人家中，他发现了宫田家的灯火。所有的人家都点着油灯。从这里看不见宴会的情景，但可以想象，敏感的灯焰轻轻地摇曳闪烁，把少女娴静的眉黛和长长的睫毛，投影在她温润的脸蛋上。

新治走到石阶下面，仰头朝上看去。松树的影子斑驳地落在长长的两百级石阶上。新治登上石阶，木屐嘎吱嘎吱作响。神社周围没有一个人影。神官家里也已熄了灯。

年轻人一鼓作气登到石阶的最顶端，壮实的胸部没有丝毫起伏。他虔诚地站在神社的前方，先把十日元硬币扔进香资箱，然后又咬咬牙，再拿出一枚十日元硬币，扔了进去。响亮的拍掌声在神社的院子里响起。新治默默地进行了这样的祈祷。

“神啊，请保佑海上风平浪静，渔产丰收，村子繁荣兴旺。我现在年纪还小，请您保佑我成为一名优秀的渔师，熟悉大海、水产、渔船和天气等一切，熟练掌握所有捕鱼技术。请保佑我善良的母亲和年幼的弟弟。到渔娘下海的季节，请保佑我母亲平安……还有，请您允许我再提一个唐突的请求。我虽然没有什么能力，但也请您赐给我一个温柔美丽的新娘。比如说，宫田家要回来的那个女儿……”

风吹了过来，松树的树梢发出沙沙的响声。风吹进昏暗的神殿里面，又发出一阵肃穆庄严的回响。感觉像是海神欣然应允了年轻人的祷告。

新治仰望星空，做了一个深呼吸，暗自心想：

这么自私的祈祷，海神不会怪罪吧？

第四章

过了四五天，一个狂风呼啸的日子。海浪越过歌岛港的防波堤，溅起高高的浪花。整个海面上波涛汹涌，到处翻着白浪。

虽然天气晴朗，但因为暴风大作的缘故，全村停止出海打鱼。母亲交给新治一个差事。原来，她在山上捡了一些柴火，放在旧陆军哨所的废墟里，拴着红布条的那一堆是她捡的。母亲吩咐他上午做完青年会安排的石材搬运工作后，顺便帮她把那堆柴火带回家。

新治背着装柴火的木架出了门。途中经过灯塔。过了女人坡，风竟然神奇地消失了。灯塔长家里静悄悄的，或许正在午睡。灯塔的瞭望室里，能看到瞭望员伏案工作的背影。广播里传来音乐声。新治沿着灯塔后面的松林的陡坡往上爬，不知不觉间出了一身汗。

山里万籁俱寂。别说人影，就连野狗都没有一条。由于本地守护神的忌讳，在这个岛上，别说野狗，就连家犬都没有一条。而且，岛上全是山地，农田面积狭小，也没有用于搬运东西的牛马。说到家畜，岛上只有一些家猫。房屋的影子参差斑驳地落在乡间的石阶小路上，猫咪们用尾巴轻抚地上的影子，沿着小路轻盈地走下来。

年轻人站到了山顶。这里是歌岛上海拔最高的地方。但周围长着杨桐和高高的草丛，还有茱萸等灌木丛，视野并不开阔。只有海浪声从草木之间传过来。从这里向南下山的路几乎全部被灌木和野草覆盖，需要绕很长的弯路才能到达那个哨所。

不久，一个钢筋水泥筑成的三层小楼出现在松林沙地的前方。那是旧陆军的哨所。这个白色的废墟，在周围人迹罕至的自然的静谧中显得格外诡异。想当年，陆军的士兵在二楼的露台上举起望远镜，确认从对面伊良湖岬的小中山试射场射出来的试射炮落下的位置。办公室里的参谋询问炮弹落在何方，士兵回答他的问题。这就是这里战争时期的日常。军粮在不知不觉间慢慢变少，驻守的士兵总认为那是狐妖作祟。

年轻人朝哨所的一层里面瞧了瞧，看到捆好的干松叶一堆挨着一堆放在里面。这里的一层原本是哨所的仓库，窗子很小，其中有一些玻璃依然完好。借着昏暗的光线，新治很快就找到母亲留下的那个标记。其中几捆柴火上绑着红色布条，上面用墨水歪歪扭扭地写着她的名字——久保富美。

新治卸下背上的木架，把干松叶和木柴捆在上面。他难得来一次哨所，不舍得这样直接回去，就先把东西放到一旁，走上水泥楼梯。

这时，上面传来一个轻微的声响，像是木头和石头相撞的声音。年轻人竖起耳朵。声音消失了。一定是心理缘故吧。

他顺着楼梯走到二楼的废墟。没有窗框也没有玻璃的大窗落寞地围起一片大海。露台上的铁丝护栏也没有了。灰黑色的墙上，还留着士兵昔日的粉笔涂鸦。

新治继续上楼。当他看到折断的国旗杆时，突然清晰地听到一个声音，好像是人的啜泣声。他飞奔起来，穿着运动鞋的双脚迈着轻盈矫捷的步子跑上了屋顶。

看到年轻人悄无声息地突然出现在面前，对方倒是先吃了一惊。刚刚在这里哭泣的原来是一个少女。她穿着木屐，看到年轻人后，吓得停止了哭泣，僵直身子站在那里，是初江。

年轻人不由得怀疑自己的眼睛，不敢相信这幸福的邂逅。两人就像是在森林中偶遇的两头野兽，对对方心存戒备又充满好奇，站在原地互相对视着。过了一会儿，新治才终于开口。

“你是初江姑娘吧?”

初江不假思索地点了点头。她明显很吃惊，不知道对方为何知道自己的名字。但是，看到这个年轻人黑亮的眸子专注地盯着自己，初江似乎想了起来。那天在海滩上，就是这张年轻的脸庞，跑到她跟前目不转睛地上下打量她。

“是你在哭吗?”

“是我。”

“为什么哭?”

新治像巡警一样盘问。

少女的回答意外干脆。原来，灯塔长太太组织了一个学习会，教村里有心向学的姑娘学习礼仪。她今天第一次参加，因为来得太早，就顺便到后山来看看，走着走着迷了路。

这时，一只鸟影从两人头顶掠过，是隼。新治觉得这是吉兆，原本常常打结的舌头突然舒展开来，唤回了平日的男子气概。他说自己也正要回家，途中经过灯塔，可以把少女送过去。少女全不顾擦去脸上的泪水，脸上就浮现出微笑，宛若雨天洒落的一缕阳光。

初江身上穿着黑色哔叽裤、红褐色的毛衣，脚上穿着红色的天鹅绒袜子和木屐。她站起身，在屋顶的水泥围墙边俯瞰着大海，问道:

“这房子是做什么的呀?”

新治也稍微离开了一点儿，倚在围墙上回答：

“是哨所。以前，士兵在这里观测炮弹落下的位置。”

被山遮挡的小岛南部没有风。阳光下的太平洋一览无遗。悬崖上的松树下面，耸立着被鸬鹚粪染成白色的岩石。近岛的海水因海底的黑色海带而呈现出黑褐色。怒涛击打着一块高耸的岩石，溅起高高的浪花。新治指着那块岩石，解释道：

“那里是黑岛。铃木巡警在那里钓鱼时被海浪卷走了。”

新治内心感到无比幸福。但时间过得很快，到了初江不得不起身前往灯塔长家的时间。她离开屋顶上的围墙，转身对新治说道：

“我要走了。”

新治没有回答，只是一脸吃惊。原来他发现初江的红毛衣上印上了一道黑色横线。

初江也马上注意到了。自己刚才倚靠的水泥墙上落满了灰尘，黑乎乎的。她低下头，拍了一下胸脯。毛衣隆起的地方，就像是有个硬硬的东西从里面撑起来似的；被她这样用力一拍，就微微地颤抖起来。新治目不转睛地盯着，心中感叹不已。乳房被她一拍，就像一头充满活力的小野兽，欢蹦起来。年轻人感动地看着那柔软而富有弹性的一团不停地颤动。黑色的灰尘印记很快消失了。

新治先行一步走下水泥台阶。这时，初江的木屐发出清脆的响声，在废墟四周的墙壁上响起回声。新治来到一楼。这时，木屐的声音消失了。新治回过头去，看到少女正在笑。

“咋了？”

“我就够黑了，可你比我还黑。”

“咋啦？”

“就是说你晒得黑呗。”

年轻人无缘无故地笑着，走下台阶。本想直接离开，又转身回去。他差点忘了母亲交代他来背柴火的事。

回灯塔的路上，他背着一大堆松叶，在少女前面走着。少女问起他的名字，他这才自报家门。随后，他又慌忙提出一个请求，希望初江不要跟人说起他的名字，也不要对别人说他们曾在此偶遇。初江答应他不会对任何人说。新治非常清楚村里人爱说闲话。这个无比正当的理由，让这次原本正常的偶遇变成了两人之间的秘密。

新治想不出约少女下次见面的办法，只是默不作声地走在前面。过了一会儿，两人来到低头能看到灯塔的地方。年轻人告诉少女一条通往灯塔长家后院的近路，在那里与她道别，特意绕远路回了家。

第五章

年轻人虽然家境贫困，但日子也过得安稳充实。然而，从那天开始，他便开始心烦意乱，整日忧心忡忡。他担心自己没有任何优点足以赢取初江的芳心。无论是除了麻疹外从未得过病的健康体魄，还是能绕着歌岛五圈的游泳技能，以及无人能敌的臂力，似乎都不足以打动初江。

那次偶遇之后，他一直没有机会遇到初江。每天打鱼回来，新治都会在海滨上举目远望。即便有时看到她的身影，也都在忙前忙后，没有机会上前跟她搭话。再也没有见过她独自一人倚在“算盘”上眺望大海。而且，每当年轻人感到心累，决定不再想初江的那一天，打鱼回来时必定又在嘈杂的海滨瞥见初江的身影。

城里的少年首先从小说或电影中学到恋爱的技巧，但歌岛上却几乎没有可供模仿的对象。所以，即便现在回想起来，新治依然不知道从放哨站到灯塔之间那段两人独处的宝贵时间里应该做什么。只有一种莫名痛苦的悔恨留在心头，觉得自己当时本应做点什么。

这一天是父亲的忌辰。虽然并非祥月命日[1]，但一家人决定一起去扫墓。新治每天都要出海打鱼，便趁着出海前，和还没到上学时间的弟弟、手捧鲜花和佛香的母亲一起出了门。在这个岛上，即便不锁门，也不用担心家中遭窃。

墓地在村头低矮的石崖上，与沙滩相连。涨潮时，海水会冲到石崖正下方。斜坡的凸凹埋没在石墓下面。一座建在松软沙土上的石墓已经倾斜。

天还没有亮。在这个时间，灯塔方向的天空已经泛白，但面朝西北的村子和港口依然遗落在夜里。

新治提着灯笼走在前面。弟弟阿宏揉着惺忪的睡眼，一起跟了过来。这时，他扯住母亲的衣角，说道：

“娘，今天的便当给我装四个糯米糕吧。”

“臭小子，就两个。三个会撑坏肚子。”

“哎呀，娘，你给我装四个嘛。”

庚申祭或者祭祖时做的糯米糕，足有枕头那么大。

墓地里，冰冷的晨风胡乱地吹着。被岛屿挡住的海面依然一片昏暗，而远方的海面早已染上了曙光，伊势海周

1　祥月命日，指卒月之忌日，又称正忌日。

边的群山清晰可见。黎明中的石墓看起来就像很多白色帆船停泊在热闹的港口。永远不会再次扬起的船帆，耷拉着脑袋，在长眠中化成了石帆。船锚深深地插进黑暗的地底，再也不可能被拉上来。

来到父亲的墓碑前。母亲插上花，在风中擦了好几次火柴，才终于点着线香。她先让两个儿子祭拜过父亲，然后自己在后面拜了拜，哭了起来。

在这个渔村，一直流传着一个说法。“船一不载女人，二不载和尚。”父亲丧命时乘坐的那艘船正是违反了这个禁忌。当时，渔村里死了一个老妪。工会的渔船载着她的尸体去答志岛尸检，开到离歌岛三海里的地方，遭遇了B24舰载机。飞机上先是投下炸弹，然后开始对渔船进行机枪扫射。平常随船的机械长那天正好不在，而替工的机械长不熟悉船上的机械。停滞的发动机上冒出的黑烟，成了敌机发动袭击的目标。

船上的管道和烟囱都被炸裂，新治的父亲头部中弹，从耳朵往下的部分被炸得惨不忍睹。有人眼部中弹，当场身亡。有人背部中弹，子弹穿进了肺里，还有人脚部中弹。另有一人屁股上的肉被削了下来，也因失血过多，不久后身亡。

甲板上和船舱底下都成了鲜血的海洋。油泵被炸翻，里面的汽油流出来，漂浮在血液上。因此未能俯身下去的人都被击中了腰部。有四个人躲进船头船舱的冷库里，才幸免于难。另有一人拼命地钻过船桥的背窗，回来后再次尝试从那扇小小的圆窗钻过去，却怎么也钻不过去了。

就这样，船上的十一人死了三人，但是躺在甲板上、只盖着一片草席的那个老妪的尸体却没有中弹，毫发无伤。

“捕捞玉筋鱼的时候，爹真是太可怕了。”新治回头看着母亲，说道，“天天遭他打，总是旧伤还没好又添新伤。”

捕捞玉筋鱼要在远海海面下六七米的位置进行，需要过硬的本领。在柔韧的竹竿上绑上鸟的羽毛，模仿海鸟在海底追赶玉筋鱼。这种渔法需要默契的配合。

“那是啊。捕捞玉筋鱼可是优秀渔夫的看家本事。”

阿宏没有理会哥哥和母亲之间的对话，开始梦想十日后即将开始的修学旅行。哥哥在弟弟这个年纪的时候，因家境贫困未能成行。这次他用自己赚的钱为弟弟攒足了旅行的费用。

一家人一起扫完墓，新治一个人直接去了海滨。他要先做好开船出海的准备工作。然后母亲会赶回家，在他出海前为他送来便当。

年轻人急匆匆地走向太平丸渔船。途中，来往行人的私语乘着晨风传进他的耳朵。

“听说川本家的安夫要到初江家当上门女婿。”

听到这句话，新治的心头一片漆黑。

那天，太平丸渔船又在海上捕了一天章鱼。

返港前的十一个小时里，新治只卖力工作，几乎没有开口说话。他原本生性寡默，今天不说话也并不引人注意。

返回港口后，他像往常一样将渔船拴在工会的船上，卸下章鱼，剩下的鱼则通过中间商转到鱼贩的“收购船”上。黑鲷在秤上的金属盆中拼命挣扎，迎着夕阳闪烁着沉郁的光。

每隔十天结一次账。这一天正是结账的日子，新治和龙二便跟着船老大一起去了工会的办公室。这十天新治的船上一共收获一百五十公斤，扣除工会的转销手续费、一成预扣存款及损耗费，还有两万七千九百九十七日元的净收益。新治从船长手上领到了四千日元工资。现在已经过了盛渔期，这就算是不错的收入了。

年轻人伸出粗大厚实的手掌，舔了一下手指，认真地数了数钞票，又放进写着名字的纸袋里，揣进夹克怀里的口袋深处。然后他向船长鞠了一躬，离开了那里。船长和工会会长围坐在火炉旁，互相炫耀自制的黑珊瑚烟斗。

年轻人原本打算直接回家，但双脚却自然迈向了黄昏下的海滩。

海滩上还有最后一艘渔船，正在被人拉上岸。男人没有几个，他们要么正在操作卷扬机，要么帮着拉绳索。两个女人把“算盘”塞进船底，一点点地用力往上挪。渔船依然纹丝不动。太阳已经落山了，也没有路过的中学生过来帮忙，新治准备过去帮把手。

这时，其中一个拉船的女人抬起头，朝这边看过来。正是初江。就是这个女人让他从一大早就变得心情黯淡。新治原本不想见她，但双脚却自然而然地迈开步子，朝她走了过去。女人的额头上布满汗珠，双颊泛出红晕，乌亮的眼眸盯着前方，看着渔船一点点地向上挪。她的脸庞在黑暗中燃烧着。新治无法从她脸上挪开视线。他默默地把手搭在缰绳上。操作卷扬机的男人连忙道谢。新治的手臂粗壮有力。渔船很快顺着湿沙滑上来。女人慌忙拿起“算盘”跑向船尾。

渔船拉上了岸。新治转身朝自家的方向走去。他很想回头看看，但努力忍住了。

新治拉开家门。昏暗的油灯下，是一片土褐色的榻榻米。弟弟趴在上面，借着油灯的光读着课本。母亲全神贯注地扑在炉灶上。新治走进土间[1]，也不脱下胶皮长靴，仰面朝上，上半身躺在榻榻米上。

“你回来啦。”母亲说。

1　土间，日本传统房屋内的地面为泥地或三合土的地方。——编注

新治喜欢一声不吭地把工资袋交给母亲。母亲也领会新治的心思，每次都装作忘记了发工资的日子。她知道儿子喜欢看她一脸吃惊的样子。

新治把手伸进夹克的内口袋。钱不见了。他又摸了一下另一侧的口袋，然后又把手伸进裤子布兜里，裤子内口袋里……

一定是丢在海滩上了。他一声不吭，又跑了出去。

新治刚跑出去，外面又传来叫门的声音。母亲走到门口，看到一个少女站在昏暗的巷子里。

“新治先生在家吗？”

“刚回来一趟，一眨眼儿又出去了。”

“我在海边捡到这个。上面写着新治先生的名字，我就……”

“哎呀，真是个好心的姑娘。新治可能是出去找这个了。”

“要我去跟他说一下吗？”

“可以吗？那真是太谢谢你了。”

海滨依然一片漆黑。答志岛、菅岛上星星点点的灯光在远方的海面上闪烁。一排排还在沉睡的渔船在星光下朝着大海威武地仰起头。

初江看到了新治的身影。可转眼之间，他又消失在渔船后面。他正在低着头寻找钱袋，似乎看不到初江。过了一会儿，两人在一艘渔船后面撞了个满怀。年轻人怔在那里。

少女解释说，她是来告诉新治，钱已经送到他母亲手上。她还说途中曾向几个人打听新治的家，唯恐别人疑心，就一一把纸袋拿给人家看。

年轻人放下心来，出了一口气，脸上露出微笑。黑暗中浮现出美白整齐的牙齿。少女急匆匆赶来，胸脯仍在剧烈地起伏。新治想起深蓝的海面上汹涌起伏的海浪。今天早晨开始的愁闷顿时烟消云散，心中又萌生了勇气。

“听说川本安夫要去你家当上门女婿?”

这个问题，年轻人脱口而出。少女听了，咯咯笑了起来。笑得越来越厉害，差点笑岔了气。新治想阻止她，可她却停不下来。他把手搭在她的肩膀上，并没有太用力，初江却突然倒在沙子上，继续捧腹大笑。

“咋啦？你咋啦?”

新治蹲在她身旁，摇晃她的肩膀。

少女终于停下笑，认真地盯着年轻人的脸，又扑哧一声。新治凑过脸去，问道：

“是真的吗?”

“傻蛋，没影儿的事儿。”

“可人家都这么说呢。”

“没影儿的事儿。”

两人抱膝蹲在渔船后面。

“哎，好难受啊。笑得太厉害了，这里憋得慌。”

少女捂住自己的胸口。劳动服已经褪色，只有胸口的哔叽斜纹剧烈地起伏。

“这里疼得厉害。”

初江又说道。

“没事儿吧？”

新治不由得伸过手去。

“你这样帮我按一下就舒服点了。”

少女说道。新治的心怦怦直跳。两人的脸挨得很近。互相能闻到对方的体香，就像海潮味一样强烈。他们互相能感知对方的体热。皴裂干燥的嘴唇碰到一起。稍微有点咸。新治感觉像海藻。那个瞬间过后，有生以来的第一次经验让他产生了一种负疚感。在这种感觉的驱使下，他抽身站了起来。

“明天打鱼回来，我去灯塔长家送鱼。”

新治盯着大海，显出男子汉的气魄，有些粗鲁地宣布。

“我也去。赶在你之前。”

少女也朝着大海宣布。

两人分别走在渔船的两边。新治准备从这里直接回家，发现渔船后面不见了女人的身影。但是，通过沙子上的人影，他知道她躲进了船头。

“有影子露出来的。”

年轻人提醒。这时，穿着粗布斜纹劳动服的姑娘就像一头野兽从里面蹿出来，转过身去，头也不回地沿着海滩逃走了。年轻人站在海滩上，望着她远去的背影。

第六章

第二天，打鱼归来的新治提着两条长五六寸、用草绳穿着鱼鳃的虎鱼，前往灯塔长家的公宅。爬到八代神社的后面时，新治突然想到自己还没有向立地显灵的神明表达感谢，便又转回神社的正面，献上虔诚的祷告。

祷告结束后，他望着月光普照的伊势海，做了一个深呼吸。云朵飘浮在海面上，宛若古昔的神明。

年轻人感觉自己与周围富饶的大自然融为了一体。他深深吸入的气息，就像大自然的一个无形部分，深深地渗进自己年轻的身体里。他听到的海浪声，仿佛将大海中汹涌澎湃的海流和他体内朝气蓬勃的鲜血合二为一，形成一道美妙动听的旋律。新治在日常生活中并不需要音乐，想必是因为自然本身满足了他对音乐的需求。

新治将虎鱼举到眼前，朝长刺的丑陋鱼脸做了个鬼脸。鱼明显还活着，身体却一动不动。于是，他又戳了一下鱼的下颌，把其中一只甩向半空。

就这样，年轻人磨磨蹭蹭，不舍得幸福的约会来得太早。

灯塔长和他的太太都很喜欢新来的初江。说这姑娘不苟言笑吧，有时她又咯咯笑起来，表现出少女特有的天真烂漫。平常看起来傻呆呆的，关键时候却又很有眼力见儿。譬如礼仪学习会结束要离开时，别的姑娘都端坐不动，只有初江马上起身收拾茶碗。洗碗的时候，还会顺便帮着太太洗一些别的。

灯塔长夫妻有一个女儿，在东京上大学，只有放假时才回来住一段日子。所以灯塔长太太把村子里这些来自家做客的姑娘当成亲生女儿一般疼爱。她会为她们的不幸遭遇忧心忡忡，也会为她们的幸福感到由衷的高兴。

灯塔长在这里度过了三十年的守塔生活。他长相凶恶，嗓门响亮，经常大声呵斥偷偷跑进灯塔中探险的坏小子，村里的孩子们都怕他。但他其实本性善良，孤独让他丢掉了对别人的疑心，认为人都没有恶意。灯塔中最好的美味是“客人来访”。无论是何处的偏僻灯塔，都不可能有人千里迢迢地怀着恶意过来找碴。即便是那些原本心存恶意的人，被灯塔长当成座上宾热情诚恳地招待一番，心中的恶意也会随之烟消云散。正如他经常说的那样："善意总比恶意走得远。"

灯塔长太太也是一个好人。她以前在乡村的女校当过老师，多年的灯塔生活也让她变得更爱读书了。她简直就像一部百科全书，天下没有她不知道的事情。她知道斯卡拉歌剧院在米兰，也知道最近东京的电影女演员在什么地方崴了右脚。一方面，她跟丈夫吵架总会占据上风；另一方面又会精心为丈夫缝补袜子，准备晚饭。家里来客人时，她总是口悬若河，说个不停。村子里的一些人喜欢这个太太的能言善辩，却又总会拿自己寡言的老婆和她比较，多管闲事地同情起灯塔长来。但灯塔长本人却十分敬重妻子的学识。

职工宿舍是三间平房。里面的一切都像灯塔内一样收拾得干干净净，打磨得光滑平整。柱子上挂着造船公司的挂历，茶室里围炉里从未存过灰。即便女儿不在家的时候，客厅角落里那张装饰着法国玩偶的桌子上也会摆上空空的蓝色玻璃笔筒，闪闪发亮。屋后还砌了一个五右卫门泡澡桶[1]，用灯塔上的机油残渣作为燃料。和肮脏的渔民家不同，就连放在厕所门口的深蓝色毛巾，也总是洗得干干净净。

1　五右卫门泡澡桶，类似于中国旧时的铁锅澡盆，日本战国时代的大盗五右卫门被捕后，被处以铁锅煮死的刑罚，因此后世将这种浴桶称为五右门卫泡澡桶。

灯塔长一天中的大半时间都坐在围炉边，把新生牌香烟插进黄铜烟管中，吞云吐雾。白天，灯塔是死的。上面只有年轻的灯塔员值守，通报过往的船只。

这天不是礼仪学习会的日子，但快到傍晚的时候，初江来到灯塔长的家里。她用报纸包着一只海参作为伴手礼。身上穿着一件藏蓝色的哔叽裙，里面穿着一双肉色棉布长袜，外面还套着一双红色短袜。毛衣还是平常那件猩红色的。

她刚进来，太太就马上毫不避讳地说道：

“初江啊，藏蓝色的裙子，最好配黑色的袜子。你应该有黑色袜子吧。我记得你以前来的时候穿过。”

“嗯。”

初江稍微红了脸，坐到围炉旁。

平常在礼仪学习会上，大家都多少有些装模作样，太太说话也像老师讲课一样一本正经。但像这样坐在围炉边时，太太就会比较随意地东拉西扯。见到年轻的姑娘，就会先说一些关于恋爱的一般话题，然后问人家“有没有心上人”。若见姑娘神情忸怩，就连灯塔长有时也会开腔，故意调笑一番。

天色渐渐暗了下来。夫妻二人再三挽留初江留下吃饭。初江说家里就老父亲一个人，自己一会儿就得回去，可又主动帮灯塔长夫妻做起晚饭的准备。刚才灯塔长太太端上来的点心，初江一口都没有吃，只是赧赧地低着头。可是一到厨房里，就马上有了精神。她一边切着海参，一边唱起了伊势音头。据说是昨天刚从伯母那里学来的，是这座岛上传承的盂兰盆舞民谣。

立柜、长柜、行李箱，
这么多东西你带上，
今天送你去嫁人，
嫁了人呀，
你就别想再还回。

哎呀我说妈妈呀，
您说这话怎么行？有道是，
东边阴了刮大风，
西边阴了下大雨。
就是千石大船去航海，
遇到逆风呀，哎哟哟，
也要掉头把家还。

“哟，初江姑娘，我来这个岛上都快三年了，这首歌都还不会唱呢。你这都已经学会啦？”

灯塔长太太说道。

“和老崎那边的歌差不多嘛。”

初江说道。

这时，昏暗的门外响起了脚步声。

“你好。”一个声音从暮色中传了过来。

灯塔长太太从后门伸出脑袋。

“哎呀，这不是新治吗？瞧你，又送鱼来啦，谢谢你。他爹，久保家送来一条鱼。”

“承蒙费心，多谢了。”灯塔长坐在围炉边，没有起身，“进来坐坐再走吧，新治。”

灯塔长太太忙着把鱼接过来。趁着这个时机，新治和初江也互相看了一眼。新治微微一笑，初江也微微一笑。这时太太突然回过头来，瞥见两人的笑容。

“你们俩认识啊。哦，村子这么小，也难怪。这就更好了。新治，你进来坐坐再走吧。啊，对了，还有，千代子从东京寄信回来，特意问新治过得好不好。你说我家千代子是不是喜欢新治呢。马上就放春假了，等她回来，你要经常来家里玩啊。”

新治原本打算进去坐一坐，可听了这句话，顿时变得灰头土脸。初江对着盥洗台，再也没回头。年轻人退回薄暮的昏暗里。灯塔长太太再三挽留，可新治无论如何也不肯进门，只站在远处鞠了一躬，就转身离开了。

“他爹，新治这孩子，很害羞啊。”

灯塔长太太哈哈大笑。灯塔长和初江都没有答话，只有她的笑声独自在房间里回荡。

新治在女人坡的拐角处等待初江。

只是在斜坡上拐了一个弯，灯塔周围的阴暗就变成了落日的余晖。山上松树的黑影叠在一起，但眼下的大海依然反射着最后的余光。今天，东风第一次吹遍整个大海。即便到了晚上，风也不那么冷。转过女人坡，就连东风也死寂了，只看见沉寂的光芒从薄暮的云缝间洒落下来。

歌岛港对面，一个小小的海岬伸向大海。海岬的尖端有几座岩石耸立在海面上，激起白色的浪花，发出震耳欲聋的响声。海岬附近尤其明亮。年轻人靠着非凡的视力，清楚地看到海岬顶部立着一棵赤松，沐浴在残阳里。转瞬，树干就失却了光泽。原来树顶的云变成了黑色，星星开始在东山外的空中闪烁。

新治将耳朵贴在岩角。一个急促的脚步声从灯塔长家玄关的石阶上走下来，沿着石板路朝这边走来。他本想搞个恶作剧，躲在岩石后面，等初江过来时吓她一跳。可是，随着可爱的脚步声越来越近，他又不忍心吓唬姑娘，便吹起了口哨。是刚才初江唱的一段伊势音头。

东边阴了刮大风，

西边阴了下大雨。

就是千石大船去航海……

初江转过女人坡，像没有看到新治似的，稳步继续往前走。新治慌忙追了上去。

“喂，喂。”他喊道。

少女仍然头也不回。年轻人无奈，只好默默地跟在她后面。

松林间的山路光线昏暗，而且变得陡峭。少女手里拿着小小的手电筒，照着前方的路，一会儿就放缓了步子。新治很快走到她前面。这时，少女发出一声小小的惊叫，手电筒的光像一只纵身飞起的小鸟，突然顺着松树的树干飞向树梢。年轻人敏捷地转过身来，抱住跌倒的少女。

年轻人解释说，刚才是因为情况所迫，不得已才离开的。他还试图塑造一个调皮的形象，说起自己刚才埋伏在这里准备吓她一跳的事，又说起自己忍不住吹起口哨传递信号的事，还说起自己刚才一直追过来的事。他神情忸怩，脸上挂着羞涩。扶起初江后，他并未实施昨天偷偷练习的抚摸技巧，而是像个温柔的大哥哥，轻轻地帮少女拍掉了她身上的尘土。泥土是干的，而且多半都是沙子，很容易就拍掉了。还好她似乎没有受伤。在这期间，少女像个孩子，一动不动地将手搭在年轻人结实的手臂上。

初江开始寻找刚才掉落的手电筒。手电筒的光淡淡地照在两人身后的地面上，形成一个扇形。那片光亮中铺着密密麻麻的松叶，岛上浓重的黑暗围绕着这一点朦胧的微光。

“原来在这里啊。摔倒的时候，被我甩到后面去啦。”

少女大声笑着说。

“你为啥生气啊？”

新治直截了当地问。

“因为千代子。”

“傻瓜。”

“没影儿的事儿，对吧？”

“没影儿的事儿。”

两人并肩向前迈开步子。新治手里拿着手电筒，就像领航员一样，告诉她哪个地方不好走。生性寡言的新治找不到话题，只好讷讷地自说自话。

“等我攒够了钱，就买一艘机帆船，和弟弟一起运送纪州的木材和九州的煤炭，让母亲享福。等我上了年纪，也回来享福。到哪里都忘不了咱这海岛。这座岛上的景色是全日本最美的。（歌岛上所有人都对此坚信不疑。）我要与大家齐心协力，努力让大家过得比其他任何地方的人都安稳和幸福。不然，大家就会忘了咱们的岛。任何时代，这座岛都不会受到外面坏习惯的影响。这片大海只会把最美好的东西给咱们送来，把这些最美好的东西留在岛上，保护它的美好不受侵害。所以，咱们这座岛上，连一个小偷都没有，也没有卑鄙小人。每个男人都诚实善良，勤劳勇敢，相互友爱，没有勾心斗角。”

今天的他与往日判若两人，突然变得口若悬河，大致对少女说了上面这些话。当然，他说得并没有如此条理清晰，而是东一嘴西一嘴，想到哪儿说到哪儿。初江不搭话，但每听他说一句都会点点头。脸上没有一点无聊的神色，反而洋溢着共鸣与信任之情。这让新治感到很开心。说完这个一本正经的话题，年轻人又唯恐对方觉得自己太不认真，便故意隐去了向海神祈祷的内容。周围的树林枝繁叶茂，山路完全笼罩在阴影中，对于两人来说，这里没有任何妨碍。但新治既没有勇气拉初江的手，更没有想到与她接吻什么的。他甚至觉得昨天日暮时在海滨发生的事，并非自己主动，而是外力催生的偶然。他开始感到不可思议，不知自己为何能做出那种事来。他们最后终于约定，于下一个休渔日的午后到哨所见面。

走过八代神社的背面时，初江轻轻地叹了一口气，停下脚步。新治也随之停下了脚步。

原来，渔村的人家同时亮起了灯。宛若盛大的节日在悄无声息中开幕，所有人家的窗都闪耀着坚定而明亮的光，与油灯的昏暗完全不同。整个渔村仿佛从黑夜中醒来，浮现在二人的眼前。坏了很久的发电机终于修好了。

走进渔村之前，两人分开了。在久违的路灯的光亮下，初江独自走下山路的石阶。

第七章

到了新治的弟弟阿宏去修学旅行的日子。这次是去京都和大阪地区周游。从未离开过海岛的少年，将一举出动，去外面的世界开阔眼界。以前，曾经有小学生去参加修学旅行，在本土第一次看到圆太郎马车[1]，睁大眼睛如此喊道：

"哇，大狗拉着茅厕跑。"

岛上的孩子都是先通过教科书上的图画或解说掌握事物的概念，而非先看到实物。仅仅通过想象描绘电车、高楼、电影院或地铁的形象，其实是一件很困难的事。但是，亲眼见到实物，新奇过后，概念也就更加没有用处了。他们以后将在这座岛上度过漫长的一生，再也不会想起大都

1　圆太郎马车，可供多人同乘的马车，早期的公共交通工具。

市里的车马喧嚣。

修学旅行开始前，八代神社的护身符十分畅销。自己也不曾去过大城市的母亲们提到修学旅行，就以为孩子们要去生死大冒险。明明在他们的日常营生和周围的大海中，才始终隐藏着死亡的威胁和各种危险。

阿宏的母亲这天慷慨地打了两个鸡蛋，给他做了一份齁咸的蛋卷便当。还装了很多糖果和水果，藏在不容易被人发现的书包深处。

这一天，渡船神风丸破例等到下午一点才从歌岛港出发。这艘小小的蒸汽船载重不足二十吨，经验丰富却性格顽固的船长平常是绝不愿破例的。但是，有一年，到了自己的孩子也该去修学旅行的时候，他了解到一个情况：若是船太早到达鸟羽，学生们就要在那里等火车，等车期间会产生多余的消费。于是，从那一年开始，他才勉强答应了学校的请求。

神风丸的船舱和甲板上都站满了学生，水筒和书包交叉成十字放在胸前。带队老师站在码头上的母亲之间，一副唯唯诺诺的模样。在歌岛村，母亲们的想法能决定老师的地位。曾有一个老师被母亲们贴上共产党的标签赶出了小岛，另一个受母亲们欢迎的老师虽然搞大了女老师的肚子，却也顺利地当上了常务副校长。

这是一个春光和煦的午后。船开动后，母亲们纷纷呼喊自己孩子的名字。系着帽带的学生们站在船上，等到渐渐分辨不出岸上的人影时，便纷纷朝着越来越远的港口大呼小叫："傻帽!""呆瓜!""臭屁屁!"载着黑色制服的船，将徽章和金色纽扣的光辉运向远方。即便在白天，阿宏的家里也非常昏暗，母亲坐在榻榻米上，想到两个儿子都将抛下她，出海远行，竟嘤嘤地哭了起来。

神风丸停靠在真珠岛旁边的鸟羽港，等学生们下了船，小船又恢复了往日悠闲的粗鄙风情，开始为返航做准备。蒸汽机破旧的烟囱上盖着提桶，船头内侧和吊在栈桥上的鱼篓映着摇曳的水光。海边库房的灰墙上，用白漆刷着一个大大的"冰"字。

灯塔长的女儿千代子手上提着一个大提包，站在码头的角落。这个不喜欢与人交往的女孩将要久违地回到岛上，但她不希望岛民过来与自己攀谈。

千代子没有化妆，穿着一件普通的深褐色正装，越发不起眼了。鼻子和眼睛虽然长得十分普通，但轮廓分明，也许有些人会喜欢这种风格，但她总是愁眉不展，固执地认为自己不漂亮。这就是她在东京的大学学到的"学识"产生的最显著的成果。原本长相并不丑陋，却总以为自己"不漂亮"，这或许和自以为"很漂亮"一样，都是一种僭越。

千代子之所以产生这种阴郁的确信，她那善良的父亲也有一份无意的责任。千代子每每伤心地坦言，说自己都是因为遗传了父亲的基因，所以才长得如此丑陋。老实巴交的灯塔长也就当了真，每当家里来客人时，都总是毫不避讳隔壁房间的女儿，对客人如此唠叨：

“哎，真是的。我家女儿正值妙龄，却因为自己长得丑，整天愁眉苦脸。这一点我也有责任，都怪我这个当爹的长得太难看了。这可能就是命吧！”

千代子被人拍了一下肩膀，回过头去，看到川本安夫穿着一件崭新的皮夹克，笑着站在那里。

“回来啦。放春假吗？”

“昨天刚考完试。”

“回来吃你娘的奶的吧。”

安夫昨天受父亲所托，到位于津市的县政府处理一些工会的事情，昨天在鸟羽的亲戚家经营的旅馆里住了一夜，今天正准备坐船返回歌岛。用普通话跟在东京上学的女大学生说话，让他显得颇为得意。

这个世故的少年与千代子同岁。从他的言行举止中，千代子感觉到一个男人自以为地断定“这女人对我有意思”时的开心。于是，她变得更加沮丧。又是这样子。她心想。受在东京看过的电影和小说的影响，她也希望看到男人对自己说“我爱你”时的眼神，哪怕只有一次也好。而且，她认定自己这辈子终究与那种眼神无缘。

这时，神风丸上传来铜锣般的喊声。

“嘿，被褥咋还没到？瞧瞧！”

这时，两人远远地看见一个男人扛着一大包唐草花纹的被褥，一般罩着仓库的阴影，沿着码头朝这边走过来。

“开船的时间到了。”

安夫说。从码头纵身跳上船的时候，他拉住了千代子的手。千代子感觉他那像铁块一样结实的手掌和东京的男人不一样。但是，千代子由他的手掌想象的却是自己未曾握过的新治的手掌。

通过小小的天窗式入口往里一瞧，她看到很多人躺在昏暗的船舱的地板上。裹在他们头上的白毛巾，还有反光的眼睛偶尔闪烁着光芒。在习惯了外部阳光的眼睛里，舱内的光景显得更加昏暗污浊。

“我们去甲板吧。那边有点冷，但感觉会好一些。”

安夫和千代子避开风口，靠着缠在船桥内侧的缆绳坐下来。船长的年轻助手言辞粗鲁地说了句“抬下屁股”，就开始从两人身下拉木板。原来他们坐在了覆盖船舱入口的盖板上。

船桥上油漆剥落，露出了大半木纹。船长站在上面，敲响了开船的钟声。神风丸起航了。

两人坐在船桥上，望着逐渐远离的鸟羽港，身体随着老旧的发动机不停地摇晃。安夫原本想隐晦地告诉千代子自己昨晚偷偷召妓的事，但最终决定不告诉她。若在普通的渔村，睡过女人这种事应该能成为炫耀的资本，可在圣洁的歌岛，他只能选择隐瞒。年纪不大，倒有了伪善的道学模样。

岸上飞翔的海鸥高高地飞过鸟羽站前的摩天轮。就在这一瞬间，千代子在心里偷偷地打了一个赌。她在东京上学时，总是谨小慎微，生活没有任何跌宕起伏。因此，每次回来，她都希望自己身上能发生一些天翻地覆的大事。渡船离鸟羽港越来越远。即便海鸥飞在低空，看起来也可以轻而易举地飞过远方越来越小的摩天轮。当然，实际上摩天轮依然高耸在远方。千代子将眼睛凑近手上的红表带手表的秒针。“如果海鸥能在三十秒内越过摩天轮，就代表一定有好事等着我。”才过了五秒钟，一只追着船飞来的海鸥突然高高飞起，在摩天轮上方拍打着翅膀。

没等安夫对自己脸上的微笑起疑心，千代子就慌忙先开了口。

“岛上最近有没有什么新闻？”

船在坂手岛的左边行驶。安夫拿下快烧到嘴唇的烟头，在甲板上碾灭，说道：

“没有什么特别的事。哦，对了，之前村里的发电机坏了，全村都点油灯，十天前才修好。”

“我妈在信里也提到了。”

“这样啊。那要说别的什么事情，能称得上新闻的……”

他盯着春光洋溢的海面，眯起了眼睛。海上保安厅的白色巡逻船——雏鸟号在十米外与轮渡擦身而过，开向鸟羽港。

“对了。宫田照吉老爷把女儿要回来了。那姑娘叫初江，是个大美女。”

“这样啊。”

听到“大美女”这个词，千代子突然变得一脸阴沉。她觉得这个词本身就像是对她的指责。

“宫田老爷相中了我。我在家排行老二，村里所有人都认定我会去初江家当上门女婿。”

神风丸继续向前行驶。不久，菅岛出现在右边，答志岛出现在左边。这两座岛中间的海域之外，无论多么风和日丽，海上都一样波涛汹涌，无情地击打过往的船只。从这里向前，常常能看到鸬鹚在海面上游来游去。远处的大海中有一片岩石浅滩。安夫皱起了眉头，不愿正视那片浅滩。因为，那里对于歌岛来说，是唯一的屈辱回忆。自古以来，年轻人浴血争夺的这片远海浅滩的渔业权，如今归属了答志岛。

千代子和安夫站起身，隔着低矮的船桥，静静地等待远方即将出现的岛影。很快，歌岛像往常一样出现在远方的水平线上，露出神秘的头盔形状。船随着海浪侧了一下身，那头盔也随之猛地摇晃了一下。

第八章

一直没有遇到休渔日。直到阿宏出去修学旅行后的第三天，一场足以让渔民停渔的暴风雨终于袭击了小岛。岛上稀疏的樱花才刚刚绽放，很可能因为这场暴风雨而悉数落尽。

前一天，不合时宜的润风吹打着帆布，一片不可思议的晚霞布满了傍晚的天空。大海上巨浪翻滚，海边传来滚滚的涛声，海蛆和潮虫急匆匆地爬到高处。半夜狂风大作，挟裹着雨水，海边和空中传来像悲鸣或笛子一样的响声。

新治躺在床上听到这种响声，仅凭这一点，他就知道今天要休渔了。在如此恶劣的天气里，不仅无法修理渔具或编织渔网，青年会组织的捕鼠行动也无法展开。

温柔体贴的儿子唯恐吵醒熟睡的母亲，躺在床上等待窗边泛白。房子剧烈地摇晃，窗子嘎吱作响。不知何处有一块铁皮板倒在地上，发出咣当一声巨响。歌岛上的房子都是一样的布局，无论大房子，还是像新治家的这种小平房。入口门厅都不铺地板，左边是厕所，右边是厨房。在暴风雨肆虐的时候，只有一种淡淡的厕所味支配着黎明前昏暗的房间，冷冰冰地散发出冥想般的气息。

朝向邻家库房的窗子也开始泛白了。他抬头看着门口，暴雨打在门框上，顺着玻璃窗哗哗地流下来。直到前不久，他都一直讨厌休渔日，因为这种天气不仅会剥夺劳动的喜悦，还会让他失去收入。但今天他却感觉像过节一样高兴。装点这个盛大节日的，不是碧蓝的天空、飘扬的国旗和闪耀的金珠，而是肆虐的暴风雨、翻滚的浪涛、呼啸的狂风及在狂风中剧烈摇晃的树枝。

年轻人终于等不及，猛地从床上跳起来，穿上破烂的圆领毛衣和裤子。过了一会儿，母亲也醒了。她看到窗前昏暗的光线中站着一个男人的黑影，吓得惊叫起来。

“啊，是谁?!”

“是我。”

“别吓你娘。这种天儿你还要去打鱼吗?”

“今天休渔。”

“既然休渔，咋不多睡一会儿。我还以为是陌生人呢。”

母亲早晨醒来后的第一印象是对的。儿子看起来真的就像一个陌生人。平常沉默寡言的他一会儿放声歌唱，一会儿吊在门框上做引体向上的动作。

房子要塌掉啦。母亲责骂。她不知道其中的缘故，发起了牢骚。

“外头暴风雨，家里也暴风雨。”

新治去看了几次熏黑的旧挂钟。那颗从不擅长怀疑的心，丝毫没有怀疑女人遇到这样的暴风雨是否还会守约。年轻人缺乏想象力，无论不安还是喜悦，都不会通过自己的想象，扩大这种不安或喜悦，使之复杂化，用来打发忧郁的闲暇时光。

等待的时间漫长难耐。新治决定穿上塑料雨衣，去看一看大海。他感觉只有大海会回答他无声的提问。骇浪高高地越过防波堤，发出恐怖的巨响，又猛地摔了下去。昨天大家接到暴风雨警报，所有船只都拉上了岸，停泊在比平常更高的位置。海水猛地冲到脚边，巨浪退下去的时候，水面急剧倾斜，海港的底部几乎全都露了出来。四溅的海浪和雨水混在一起，迎面打在新治滚烫的脸颊上。顺着鼻梁流下来的水有一种强烈的咸味，令他想起初江的唇。

雨云在空中迅速移动，阴暗的天空忽明忽暗。偶尔出现几片蕴含着淡淡阳光的云，仿佛是晴天的预感。但是，那些云也很快就消失了。新治只顾看天，海浪冲到脚边打湿了木屐的棉绳。脚下有一个美丽的粉色小贝壳，像是刚才的海浪冲上来的。他捡起来放到手中。贝壳形状完整，边缘薄薄的，非常细腻，没有任何残缺。年轻人把贝壳放进口袋，准备当成礼物送给他的姑娘。

吃完午饭后，他急忙准备出门。母亲洗着碗盘，盯着儿子再次迎着暴风雨出门的背影。她没有问儿子去哪儿，因为他的背影中有一种不容她询问的力量。她突然后悔自己没能生个女儿，不然就可以有个人一直在家帮自己打理家务了。

男人出门打鱼，驾驶机械帆船把货物运到各个港口。与外面广阔世界无缘的女人则留在家里打水做饭，捞取海藻。到了夏天，就潜入水中，潜入深深的海底。母亲是一位经验丰富的渔娘，她知道那微亮的海底是女人的世界。白天也昏暗的房子、分娩时沉闷的痛苦、海底的昏暗，这些是相互关联的世界。

母亲想起一个女人。那个女人和她一样，也是个寡妇。她身体柔弱，家里还有一个嗷嗷待哺的孩子。去年夏天，她从海底捞到了鲍鱼，拿回家烤着吃的时候，突然倒地身亡。女人倒在地上，翻着白眼，用力咬着青紫的嘴唇。傍晚时分，在昏暗的松林里烧掉尸体时，渔娘们一个个伤心地蹲在地上，泣不成声。

后来，出现了奇怪的谣言。有的女人不敢再去潜水了。人们都说是女人在海底看到本不该看的可怕之物，才遭了报应。

新治的母亲对那些谣言嗤之以鼻，反而潜入更深的海底，收获了比任何人都多的海产。她从不会为那些未知的事情而烦心。

……即便发生过这种事情，母亲也从未因此受到伤害。生性开朗的她仗着自己健康的体魄，和儿子一样被门外的暴风雨激发出内心的兴奋。她洗完盘子，来到嘎吱作响的窗边，在昏暗的光线中拍了一下裙摆，深情地看着裸露在外的双腿。黝黑壮实的大腿上没有一丝皱纹，隆起的肌肉散发着琥珀般的光泽。

“就俺这身板，保管还能再生三五个。”

想到这里，贞洁的心又突然生出恐惧。她慌忙摆正身姿，朝丈夫的牌位双手合十。

年轻人走在通往灯塔的山路上。雨水从山顶奔流而下，冲着他的双脚。松树的树梢在风中沙沙作响。穿着雨靴，脚底容易打滑。他没有打伞，能感觉到雨水顺着留着短寸的头皮流进领子里。但年轻人依然迎着暴风雨朝山上走。他并不是要去与暴风雨抗争。正像他平静的幸福可以在自己与平静的大自然的关联中得到确认一样，他现在的内心对大自然的狂躁产生了一种难以言表的亲切感。

透过松林俯视下方的大海，海面上翻起汹涌的白浪。

海岬前端高耸的岩石也时而被海浪吞没。

转过女人坡，灯塔长家的平房映入眼帘。他家门窗紧闭，拉着帷帐，在暴风雨中蜷缩着身子。年轻人踏上通往灯塔的石阶。值班室今天门扉紧闭，灯塔员也没来值班。玻璃窗被四溅的雨水打湿，不停地发出哗啦啦的响声。房间里，望远镜茫然地对着紧闭的窗，桌子上的文件被窗缝中钻进来的风吹得七零八散，还有烟斗、挂钟、海上保安厅工作人员的制帽。墙上挂着造船公司赠送的挂历，上面花里胡哨地印着新船的广告，柱子上随意挂着两个大三角尺……

年轻人到达哨所的时候，连内衣都已经湿透。在这个幽僻的地方，暴风雨变得更加猛烈。海岛的山顶没有任何遮挡，可以看到暴风在空中肆虐。

在这块废墟里，三面墙上的大窗都没有了玻璃，根本无法挡风避雨，反而将风雨引到了室内，任由其如狂魔般乱舞。二楼的窗外，是波澜壮阔的太平洋。虽然视野因雨云变得狭窄，但依然可以看到海面上波涛汹涌，白浪起伏。四周与阴云晕染成一片，反而令人不由得联想起无限广袤的洪荒。

新治走下哨所外侧的石阶，朝一楼里面看了看，发现之前帮母亲来取柴火的这个地方，竟非常适合躲避风雨。

这里原本好像是仓库，四面的墙上只有几扇小窗，其中只有一扇窗子的玻璃破了。之前在这里堆积如山的松叶，大多已经被取走了，只有角落里还剩下四五堆。

“跟牢房似的。”新治闻着发霉的气味，心想。避开风雨后，他才感受到浑身湿透的寒冷，打了一个大大的喷嚏。

他脱掉雨衣，在裤子布兜里寻找火柴。常年在船上的生活养成了细心的习惯，出门一定会带火柴。摸到火柴前，他首先摸到早晨在海滩上捡到的贝壳。他把贝壳掏出来，举起来迎着窗外照进来的光端详。那粉红色的贝壳就像刚从水里拿出来，水润而娇艳。年轻人很满意，又把它揣进口袋里。

淋湿的火柴怎么也擦不着。他从一堆散开的柴火中抽出干松叶和木柴，堆在地上。过了一会儿，阴郁的火星终于变成小小的火苗，浓浓的烟雾弥漫到整个房间。

年轻人抱膝坐在火堆旁。接下来只需要等待了。

——他等待着。黑色毛衣上破了很多洞，为了打发时间，他时不时把手指戳进洞里，把破洞弄得更大。身体渐渐变暖的感觉和外面暴风雨的声音让年轻人茫然若失，不懂得怀疑的忠实本身带来的幸福感让他感到飘然欲飞。想象力的缺失，让他不懂得为此事烦心。他把头伏在膝盖上等待着，很快就睡着了。

……新治醒来时，眼前的篝火依然在熊熊燃烧。火焰对面，站着一个看似陌生的朦胧身影。新治怀疑自己在做梦。一个赤裸的少女低着头站在那里，正在烘烤她的白色内衫。她两手低垂托着内衫，赤裸的上身一览无遗。

新治确定自己不是在做梦，便稍微动起了歪脑筋，打算继续装睡，微微睁开眼睛这样看着她。但初江实在美得夺目，很难一直这样一动不动地看着她。

从水里出来后，用火烘干湿淋淋的身体，是渔娘的习惯。初江做这件事时，没有丝毫犹豫。她来到约定的地方，看到里面篝火熊熊燃烧。男人睡着了。于是，她像个孩子一样临时起意，想趁着男人正在熟睡，烘干淋湿的衣服和身体。也就是说，初江并没有意识到自己是在男人面前脱光衣服，只是碰巧发现只有这儿有火，才在这团火焰前脱光了衣服。

新治若是女性经验丰富的男人，在这个暴风雨围困的废墟中，一定能隔着火焰看得出来，初江的裸体无疑仍是处子之身。肤色并不白皙，但经过海水常年的冲洗，肌肉长得光滑结实。两个坚挺的小小乳房互相扭头背对着对方，好像有些害羞似的。宽阔的胸板能经得住长时间的潜水，上面一对玫瑰色的花蕾，微微向上仰起头。新治唯恐对方发现，眼睛只微微睁开一条缝。火焰仍在熊熊燃烧着，直冲天花板。那个朦胧的身影在对面和熊熊的火焰一起摇曳。

然而，年轻人突然忍不住眨了一下眼。在火光的照耀下，睫毛在他的脸上投下的夸张的阴影，这时突然动了一下。少女慌忙用还未干透的白色内衫挡住胸部，叫喊起来。

“不许睁眼。”

老实的年轻人听话地紧紧闭上了眼睛，心想却想：刚才装睡的确是自己不对，但睡醒也不是自己的错。有了这个光明正大的理由，他又突然睁开了美丽的黑色眸子。

少女不知所措，但仍没有要穿上内衣的意思。她又喊了一声。

“不许睁眼！”声音尖厉而清脆。

这次，年轻人没有再闭上眼睛。在这个小小的渔村里，从小到大看过很多渔娘的裸体，但钟爱的姑娘赤身裸体，他还是第一次看到。而且，令他无法理解的是，为何仅仅因为初江赤裸着身体，她和自己就生出这样的隔阂，连正常打个招呼都变得如此困难，难以亲近。想到这里，少年的直率让他腾的一下站起身来。

年轻人和少女隔着火焰相对而立。年轻人向右挪一下身体，少女也稍微向右躲闪。篝火始终隔在两人中间。

“干吗躲我？”

“我害羞啊。”

年轻人没有说“那你就穿上衣服啊”，他还想多看一眼少女的这个样子，却又不知道该怎么接话，便问道：

“那要咋样你才不害羞?”

少女的回答天真无邪，也足以令人吃惊。

“你也脱光衣服，我就不害羞了。”

新治十分窘迫，稍微犹豫了一下，就默默地脱下圆领毛衣。脱衣服时，他又担心少女趁机逃走，就连毛衣从脸前经过的瞬间，也不敢掉以轻心。他迅速脱掉衣服，将其扔到一边。一个比穿着衣服还俊美的年轻男子赤身裸体站在那里，全身只剩下一片兜裆布。但新治一心只念着初江，直到两人开始下面的对话，羞耻之情才终于在他的身体上复苏。

“不害羞了吧。”

他语气强烈，好像诘问似的。少女没有意识到这句话的可怕，突然想到一个意外的托词。

“还是害羞。”

“为啥?”

“因为你还没有全都脱光。”

在火光的照耀下，年轻人的身体羞得通红。他想说什么，话却哽在喉咙里。脚尖一点点逼近火焰。新治紧紧盯着在火影中摇曳的白色内衫，终于说了出来。

“你把那个拿下来，我就脱。”

这时，初江不由得微微一笑。这微笑意味着什么，新治，甚至初江自己都不知道。少女将遮在胸口及往下部位的白色内衫胡乱抛到身后。年轻人看到她这样，也像个雄伟的雕像一样站在那里，盯着少女在火焰中摇曳的眼睛，解开了带子。

这时，窗外突然刮来一阵狂风，猛烈地扑打着废墟。在此之前，废墟周围也是狂风暴雨，但这一瞬间则突然逼到眼前。高高的窗子下面，太平洋正在大范围地摇晃这种持续性的狂躁。

少女向后退了两三步。后面没有出口。熏黑的水泥墙碰到了少女的后背。

“初江！”

年轻人喊道。

“你从火上跳过来。从火上跳过来。”

少女气喘吁吁，声音清脆而高亢。赤裸的年轻人没有犹豫。他踮起脚尖，火光照耀着的身体直接跳进了火焰里。下一个瞬间，他的身体落在了少女面前。他的胸轻轻触到少女的乳房。“就是这种弹性。之前隔着红毛衣想象的，就是这种弹性。”年轻人心中感叹。两人抱在一起。少女的身体软软地倒在地上。

“松叶好扎啊。”

少女说道。年轻人伸手拽过白色的内衣，准备垫在少女的后背上。少女拒绝了。初江的双手没有拥抱年轻人。她曲起双膝，将内衣团在手里，宛若孩子在草丛中抓住虫子时那样，拼命地用内衣护住自己的身体。

然后，初江说出了一句道德性的话语。

“不行，不行……女孩子出嫁前不能做这种事。”

年轻人垂头丧气地问：

“无论如何都不行吗？”

“不行。”少女闭着眼睛，像训诫，又像安抚，滔滔地说道，“现在不行。我已经决定嫁给你了。结婚之前，无论如何都不可以。”

新治心中对道德有一种莫名的敬畏。更重要的是，他还没有经历过女人，因此这时他感觉自己触及了女人的道德核心。于是，他没有强行继续。

年轻人的胳膊轻轻地抱住少女的身体，两人贴着对方的裸体，听着对方的心跳。长时间的接吻折磨着无法得到满足的年轻人，但突然的某个瞬间，这种痛苦却转化为一种奇妙的幸福感。稍微衰弱的火焰时而跃起。火焰突然跃动的声音，狂风掠过高窗的呼啸声，与对方的心跳声交织在一起。听着这些交织的声音，新治感到这种永恒的痴醉、门外翻滚的浪声、掠过树梢的风声，在大自然的同一个高阶音符中起伏。这种感情中，有一种永恒的净福。

年轻人抽出身子，用一种男子汉特有的平静语调说道：

“我今天在海滩上发现了一个好看的贝壳，想着送给你，就带了过来。”

“谢谢。给我看看。”

新治回到自己脱掉的衣服旁边。他开始穿衣服。少女这才从容地穿上内衣，稍微整理仪容。穿衣服的过程很自然。

年轻人把贝壳拿给穿好衣服的少女。

“哇，好漂亮。”

少女让火光照在贝壳的表面，仔细端详。然后她把贝壳夹到头发上，说道：

“像珊瑚一样呢，能做成簪子吗？”

新治坐在地上，靠着少女的肩膀。两人都已经穿好了衣服，开始轻松地接吻。

……回来的路上，暴风雨依然没有停歇。以前两人害怕被灯塔上的人看到，习惯在通往灯塔的岔路口分开。但今天新治没能坚持这个习惯。他护送着初江，挑了一条稍微好走的山路，走到灯塔后面。两人在暴风雨中依偎在一起，从灯塔处走下狂风呼啸的石阶。

千代子回岛后待在父母身边，第二天便百无聊赖，心情苦闷。新治没有来。母亲组织的礼仪学习会照旧举行，村里的姑娘们都来参加。当她得知所谓的新人就是安夫说的那个初江后，便觉得初江那张质朴的脸庞比村里人所说的还要美丽。这是千代子的一个不可思议的优点——若是多少有点自信的女人，一定会努力搜罗其他女人的缺点，但千代子却比男人更加直率地承认其他女人身上的各种美。

千代子在家无事可做，便开始复习英国文学史。维多利亚时代的女诗人——克里斯蒂娜·吉奥尔吉娜·罗塞蒂、阿德莱德·安妮·普鲁克特、简·英格洛、奥古斯塔·韦伯斯特、爱丽丝·梅内尔等，明明一首诗都没读过，却像背诵经文一样记住了这些人的名字。千代子擅长死记硬背，她的笔记本上甚至连老师打过喷嚏都记下来了。

母亲坐在女儿旁边，拼命地想从她那里学习一些新知识。上大学这件事是千代子自己提出来的，但起初父亲犹豫不决，而最终让父亲下定决心的，是母亲在背后热情的推动。从灯塔到灯塔、孤岛到孤岛的生活激发了她对知识的渴望。她把自己的梦想寄托在女儿的身上，从未注意到女儿心中的小小烦恼。

暴风雨来临的头一天晚上就刮起了狂风。责任心强的父亲连夜工作，母女二人也陪着彻夜无眠，到了早晨才补了早觉，这天罕见地把午饭和早饭合在一起吃了。收拾好碗筷，三人被暴风雨困在家中，悄然度日。

千代子开始想念东京。在那里，即便遇到这种暴风雨，汽车也依然畅行无阻，电梯依然升升降降，电车也依然喧嚣拥堵。在那里，“大自然”被暂时征服，人类把自然的余威当成敌人。而在这座岛上，所有岛民都与自然为友，站在自然的一边。

千代子学习累了，将脸贴到窗玻璃上，望着将自己围困在家的暴风雨。暴风雨索然寡味。浪声单调地重复着，就像醉汉的絮语。不知为何，这时千代子突然想到一个女同学被其深爱的男人强暴的传闻。那个女同学曾深爱恋人的温柔与优雅，逢人便要炫耀。而那天之后，她又爱上这个男人的暴力与欲望，对谁都不再提起。

……就在这个时候，千代子看到新治和初江依偎在一起，在暴风雨中走下石阶。

千代子相信她自认为丑陋的这张脸拥有一种特异功能。那就是它一旦僵化，就可以比那些美丽的脸庞更加巧妙地掩饰自己的感情。自己认定丑陋的脸庞，是这个姑娘信赖的石膏。

她从窗前转过头来。围炉旁边，母亲正在缝补衣服，父亲正默默地抽着新生牌香烟。外面是肆虐的风雨，家里是平静的家人。没有人发现千代子的烦恼。

千代子又默默地坐在书桌上，打开了英文书。一堆没有意义的文字罗列在一起。飞鸟的幻影在字里行间飞来飞去，忽高忽低，在眼前闪烁，是海鸥。千代子心想：回岛途中，朝着鸟羽港的摩天轮许下的那个小小的赌注，原来就意味着这件事。

第九章

旅途中的阿宏用快件寄来一封信。若用普通邮件，或许人比信先回来。他在京都买了一张清水寺的明信片，盖上印着“观光纪念”的紫色大邮戳，用快件的方式寄了出来。母亲还没有读信，就开始嘟嘟囔囔地生起气来，嫌快件太浪费钱，还说现在的小孩子真是不懂得节俭。

阿宏在京都第一次去了电影院，明信片上写的全是有关电影院的事，对那些名胜古迹只字未提。

“到了京都的第一个晚上，老师允许我们各自自由行动。我就和阿宗、阿胜一起去了电影院。里面富丽堂皇，简直跟皇宫似的。但座位又窄又硬，就像一块木头，硌得屁股疼，坐着一点都不舒服。过了一会儿，后面的人老冲我们嚷嚷，让我们快坐下。我心里纳闷儿：明明就是坐着的啊。这时，后面的人好心跟我们解释。原来，那种座位叫折叠椅，放开后才变成椅子。我们三个人挠着头，感觉不好意思。放下后再坐上去，才发现那座位软乎乎的，简直就像天皇陛下的‘龙椅’，舒服极了。我也要努力赚钱，将来让娘也坐上那种椅子。”

母亲让新治给自己读了信。听到最后一句时，母亲哭了起来。她把明信片放到佛坛上，逼着新治跟自己一起对神佛祈祷，希望旅途中的阿宏在前天的暴风雨中不曾遇到什么事故，保佑他后天如期平安归来。过了一会儿，她又突然开始数落新治，说当哥哥的脑子笨，读书写字太差劲。弟弟就比哥哥聪明得多。这里所谓的聪明，不过是通过煽情让人掉泪的伎俩罢了。接着，她又拿上明信片跑到阿宗和阿胜的家里，给他们的父母看了，然后和新治一起去了澡堂。在澡堂的雾气中遇见邮局局长的太太，母亲裸膝跪在地上，对她表示感谢。

新治很快就洗完了澡。他站在澡堂门口，等待母亲从女澡堂的入口出来。澡堂的屋檐上刻着木雕花纹，水汽环绕其间，上面的彩漆已经脱落。春夜暖融融的，大海悄无声息。

新治看到一个背影。那个男人把手插进裤兜里，用木屐踢打着脚下的石板，抬头看着前方四五米外的房檐。透过昏暗的夜色，可以看到他穿着一件褐色的皮夹克。在这个岛上，没有几个人买得起如此昂贵的皮夹克。那人一定是安夫。

新治正想喊他一声，碰巧他也回过头来。新治冲他笑了笑。但安夫却面无表情，狠狠地瞪了他一眼，转身离开了。

面对友辈如此令人不快的态度，新治并没有在意，只是觉得奇怪。这时，母亲从澡堂里走了出来。新治像往常一样默默地跟在母亲身后，朝自家的方向走去。

前天暴风雨过后，昨日天就放晴了，碧空如洗。安夫打鱼回到家，在家里接待了千代子的来访。千代子说自己随母亲一起来村里买东西，顺便经过这里。因为母亲要顺道去附近的渔协工会会长家串门，自己就一个人跑来安夫家坐一坐。

安夫从千代子口中听说了一些事。她的这些话，将安夫这个轻薄浪子的自尊践踏得粉碎。他想了一个晚上。翌日傍晚，新治认出安夫的时候，他正站在那里，顺着村子中央的坡道，看着挂在那边一栋房子上的值班表。

歌岛上缺乏淡水。过年时更是缺水，村里的人常常因此发生争斗。村子中央有一条自上而下的石阶，石阶旁有一条小河。这条河的源头是村里唯一的水源。在梅雨时节或者下暴雨的时候，河水变得湍急浑浊。村子里的女人们都会来到河边，一边叽叽喳喳聊天一边洗衣物。孩子们还可以把手工制作的军舰浮在水上玩耍。但在干燥的季节，河水也常常干涸，有时水流很少，连河底的落叶都冲不走。水源是一汪山泉。也许是落在山顶的雨水过滤后形成的，岛上除此之外没有别的水源。

于是，不知从什么时候开始，村委会决定确定值班表，每周由不同的人轮流打水。打水的工作由女人负责。只有住在灯塔里的人可以过滤雨水，存在水槽里以供日常使用。村里以泉水为生的其他住户都要轮流值班，有的人家被分到深夜当值，也只能忍耐。不过，这次深夜当值的人，过不了几个星期，就又可以轮到早晨方便的时间了。

安夫看着挂在村里人流最多处的值班表。在深夜两点的那一栏中，写着“宫田”两个字。那是初江当值的时间。

安夫咂了一下嘴。现在仍是章鱼季，时间也还好。人们早晨出工晚一些。若是在前不久的乌贼渔期，人们在天亮之前就要赶到伊良湖水道的渔场。家家户户凌晨三点就要起床收拾做饭，性急的人家在三点之前就冒起了炊烟。

初江的当值时间虽在深夜，但好在还不到三点。安夫暗自发誓，要在明天大家出渔之前将初江据为己有。

在他盯着值班表如此下定决心时，正好看到男澡堂入口的新治。满腹怨气让他失了态。他匆匆回到家里。收音机里播放的浪花曲[1]回荡在整个房间，父亲和长兄还在客厅晚酌。他瞥了一眼客厅，回到二楼自己的房间，闷头抽起烟来。

按照安夫的常识，情况一定是这样的——占有了初江的新治一定不是童贞。平常在青年会里，一个人老老实实地蹲在角落，听别人发表意见，一脸天真的模样，没想到原来早就有过女人了。这王八羔子！但安夫无论如何也不认为新治的那张脸会表里不一。所以，思考的最终结果，虽然不愿承认，但他总觉得新治是光明正大地占有了女人。

那天晚上，为了防止自己睡着，安夫一直在床上掐自己的腿。但他其实完全没有这样做的必要，对新治的憎恨及要与领先一步的新治一决高下的竞争心理足以让他彻夜难眠。

安夫有一块经常向大家炫耀的夜光手表。那天晚上，他没有摘掉手表，直接穿着皮夹克和裤子，不动声色地钻进了被窝。时而将耳朵贴在手表上，还时不时地看一下发出荧光的表盘。他觉得，仅凭这样一块手表，自己就有足

1　浪花曲，即浪曲，日本的一种传统说唱艺术，以三味线伴奏，类似我国的评弹或鼓书。

够的资格赢得女人的芳心。

深夜一点二十分，安夫悄悄离开了家。此时夜深人静，唯有海浪声震耳欲聋，月亮明晃晃地照在地上。码头上有一盏路灯，中央的坡道上有两盏，山腰的山泉处有一盏。港口除了渡船就全是渔船，因此也没有船灯照亮港口寂寥的夜晚，家家户户的灯也都熄了。昏暗厚重的屋檐往往会让乡下的夜显得沉重，但这个渔村的屋檐由瓦片和白铁皮铺成，不像那种茅草屋顶在夜色中显出咄咄逼人的凝重。

安夫穿着一双轻盈的运动鞋，悄无声息地快步登上石阶。小学周围的樱花树刚刚绽放。安夫穿过小学宽敞的校园。这里是最近新建的操场，樱花树也是刚从山上移植过来的。其中一棵小小的樱花树被暴风雨刮倒了。月光下，黑漆漆的树干倒在沙坑旁。

安夫沿着河爬上石阶，来到一个能听到泉水声的地方。灯光绘出石泉的轮廓，清水从长满青苔的岩石缝中流出来，汇入石槽，然后漫过石槽边缘柔滑的青苔，从石槽中溢出来。仿佛不是流动的泉水，而像是青苔上涂了一层美丽的釉。

夜枭在石泉周围的树林中啼鸣。

安夫藏在路灯的后面。一只小鸟拍打着翅膀飞起来。他倚在一棵榆树的粗大树干上，盯着手上的夜光手表，静静等待时机。

两点刚过，初江双肩挑着水桶，出现在小学校园里。月光清晰地描绘出她的影子。对于女人来说，深夜的劳作并非一件轻松的差事，但在歌岛上，无论贫富和男女，都要各尽其责。作为渔娘的初江早已锻炼出健康的体魄。她丝毫没有表现出吃力的样子，前后摇晃着空桶，轻松地登上了石阶。看她兴高采烈的样子，倒像个喜欢非正常时间出工的孩子。

安夫原本想等初江把水桶放到石泉旁边自己就跳出去，此刻却犹豫起来。他决定等初江打完水再出去。他左手高高举起，扶着树枝，摆好随时准备跳出去的架势，一动不动地待在那里。他像这样把自己想象成一尊石像，看着初江提起水桶开始打水，发出哗啦啦的响声。从她那双稍微冻红的大手中，尽情想象着女人矫健水嫩的肉体，从中获得肉体的欢愉。

在扶着树枝的手腕上，安夫引以为豪的夜光手表发出荧光，秒针发出微弱而又清晰的响声。这个声音吵醒了在树枝间还未筑好的蜂巢中熟睡的蜜蜂，并激发出它强烈的好奇心。它怯生生地飞到手表上。在小蜜蜂的眼中，这只奇怪的“甲虫”发出微弱的光芒，节奏均匀地发出叫声，用一种冰冷打滑的玻璃板全副武装。蜜蜂大概感到意外，吃惊之余，转到安夫手腕的皮肤上，猛地把毒针刺了进去。

他“啊”的一声惊叫起来。初江闻声回过头去。她没有惊叫，而是迅速从绳子上解下天平棒，斜挡在自己身前，摆出自卫的架势。

安夫突然出现在初江面前，连他自己也觉得这样姿态狼狈。少女保持自卫的姿势向后退了一两步。安夫打算开个玩笑为自己解围，于是傻兮兮地笑着，说道：

“嘿嘿，吓了你一跳吧？你一定以为是鬼吧？”

“哎呀，是安夫哥啊。”

“我刚才躲起来，本来是想吓你一跳来着。”

“这么晚了，你怎么会来这里？”

少女还不太了解自己的魅力。当然，若有工夫稍微思考就一定能意识到其中的问题，但现在她真的相信安夫藏身于此只是为了跟自己开个玩笑，吓自己一跳。初江还没来得及认真思考，安夫就趁机夺走了她手中的天平棒，用力抓住了她的右手腕。皮夹克发出嘎吱嘎吱的响声。

安夫终于重整威严，双眼狠狠地盯着初江的眼睛。他打算等自己平静下来，光明正大地占有女人，于是不由得想象着这种情况下的新治，模仿他想象中的所谓“光明正大”。

“乖乖听话，别敬酒不吃吃罚酒。如果你不想被人知道你和新治之间的丑事，就乖乖听我的。”

初江满脸通红地喘着粗气。

“放开我。什么跟新治的事?”

“别装糊涂。别以为我不知道你跟新治上了床。我他妈的竟然让这小子抢了先。”

“胡说八道。我们什么都没做。”

“别装了。我全都知道了。你说，暴风雨那天你和新治跑到山上究竟做了啥？……你看，脸都红了……来吧，咱俩也做一次。乖，听我的。”

“不要！不要！”

初江拼命挣扎，试图逃脱。安夫用力抓住她。如果失败了，初江一定会把这件事告诉她父亲。但如果得手了，她就不会对任何人说起这件事。城里的低俗杂志上经常刊登一些诸如“被征服女人的告白”之类的文章。这种文章是安夫最爱读的。让女人陷入难以启齿的苦恼，简直太妙不可言了。

安夫终于将初江按倒在山泉旁的地面上。其中一个水桶倒下了，水流出来，打湿了地面上的青苔。灯光照在初江的脸上。小小的鼻翼微微颤抖，眼睛睁得又大又圆，白眼球闪着光。头发多半被水浸湿了。突然，她噘起嘴，猛地朝安夫的下巴吐了一口唾沫。初江的激烈反抗越发激起安夫的欲望。他扑在初江身上，感受着身下的初江剧烈颤动的胸脯，将自己的脸朝初江的脸贴了过去。

这时，他突然惊叫一声，猛地跳起来。原来蜜蜂这次又蜇了他的脖子。

他气急败坏，上蹿下跳地抓起了蜜蜂。这时，初江趁机脱身，朝石阶的方向跑去。

安夫姿态狼狈。他急慌慌地追赶蜜蜂，同时一把抓住初江。因为这一切事发突然，他甚至不知道哪件事发生在先，哪件事发生在后，过程是怎样的。总之，他又一把抓住初江，再次把她那发育良好的身体按倒在青苔上。这时，眼尖的蜜蜂又飞到他的屁股上，隔着裤子狠狠地扎了一下。

安夫又“啊”的一声跳了起来。这次初江有了经验，转身朝山泉后边跑去。她弯腰穿过树林，一边跑一边从羊齿草下面捡起一块大石头。她单手举起石头，终于停下来喘息，低头看向山泉边。

其实，在此之前初江真不知道是何方神明救了自己。她疑惑地看着在山泉边张牙舞爪的安夫，才终于明白，这一切原来都是伶俐的小蜜蜂所为。因为她看到安夫的手在空中胡乱抓挠，灯光正好照到他的手指，一只小小的金色蜜蜂拍打着翅膀朝他的指尖飞了过去。

安夫好像终于赶走了蜜蜂。他茫然地站在那里，拿出手帕擦了擦汗，开始私下寻找初江的身影。他找了半天也没找到，就用两手捂成喇叭状，怯生生地放在嘴边，小声地喊初江的名字。

初江故意踩踏脚下的羊齿草，发出沙沙的响声。

“嘿，你在那儿啊。下来好不好？我保证啥都不干了。”

“不行。”

“快下来吧。”

他想上去，初江慌忙举起石头。他害怕了。

“你这是干吗呀？危险……要我怎样你才肯下来呀？”

安夫本可直接逃走，但他害怕初江把这件事告诉她父亲，所以依然纠缠不休。

“……喂，要我怎样才你肯下来啊。你会告诉你爹吗？”

——没有回答。

“喂，千万别告诉你爹。要我怎样你才不会告诉你爹？”

“帮我打水，送到我家，这事儿我就不跟我爹说。”

“真的？”

“真的。”

“宫田老爷太可怕了呀。”

然后，安夫不再说话，默默地扶起倒在地上的水桶，重新打满水，用扁担挑起两桶水放在肩上，向前走了起来。那副样子，简直好像是被某种义务观念强迫，实在可笑。

过了一会儿，安夫扭过头。不知何时，初江也跟了上来，走在后面大约两米的地方。少女板着脸孔。安夫停下脚步，少女也停下脚步。安夫走下石阶，少女也迈开步子。

渔村里依然悄无声息，家家户户的屋檐沐浴在月光里。但是，黎明显然即将到来。两人朝着村子一步步走下石阶的时候，鸡鸣声已经在他们脚下此起彼伏。

第十章

新治的弟弟回到了岛上。母亲们站在码头上迎接她们的儿子归来。这天下着蒙蒙细雨，看不清远方的海面。渡船在距离码头只有一百米时，才终于从雾霭中露出身子。母亲们各自呼唤着自己的儿子。在甲板上挥舞的帽子和手绢的样子逐渐清晰起来。

渡船抵达码头后，这些中学生见到母亲，只冲她们微微一笑，就只顾在海滩上和朋友嬉笑打闹去了。他们不想被朋友看到自己跟母亲撒娇的模样。

阿宏回到家后，依然抑制不住兴奋，跟母亲讲起旅途中的见闻。对于那些名胜古迹，他依然只字不提，说的都是一些琐碎的小事，比如住旅社的时候，有同学夜里不敢自己去尿尿，就把他叫起来陪着去，搞得第二天一大早就困得不行，可遭了罪。都是诸如此类的话题。

毋庸置疑，这次旅行给阿宏带来了某种强烈的刺激，但他却不知道如何表达。他试图想起一些旅途的见闻，但每当这个时候，浮现在眼前的都是一年多以前的事，或者他在学校里做的恶作剧，比如故意在教室的走廊里涂上蜡让女老师摔跤。大城市里的电车、汽车、霓虹街景等，亮闪闪地来到身边，又倏忽转身离去，消失得无影无踪。它们去了哪儿呢？家里的陈设和出发前没有任何改变。橱柜、挂钟、佛龛、饭桌、镜子，还有母亲、锅台、发黄发黑的榻榻米，这些东西默默无言，却与他心有灵犀。但所有的一切，包括母亲，都热切地期待听到旅途中的故事。

哥哥打鱼回来后，阿宏才终于平静下来。吃完晚饭，他坐在母亲和哥哥面前，打开记事本，大致讲了一遍旅途中的见闻。大家听完后，仿佛都得到了满足，不再期待他讲别的故事了。一切都恢复成原来的样子，他们又像以前一样默默无言却又心有灵犀了。橱柜如此，挂钟如此，母亲如此，哥哥如此，熏黑的破旧锅台如此，大海的轰鸣也是如此。阿宏在他们中间，酣甜地睡着了。

阿宏的春假即将结束。他早晨一睁眼就跑出去，到睡觉时间才肯从外面回来，疯狂地享受最后的玩耍时光。岛上有很多玩的地方。他们这次在京都和大阪看了早有耳闻的美国西部电影。这次回到岛上，阿宏和他的朋友们发明了一个模仿西部电影的游戏。看到大海对面志摩半岛的元浦燃起山火，冒起浓烟，就不由自主地联想起印第安部落燃起的狼烟。

歌岛上的鸬鹚是候鸟。这个季节，鸬鹚陆陆续续地飞走了。整座海岛，到处都能听到黄莺的歌声。中学校舍的上方，有一个陡峭的山坡。整个冬季都寒风凛冽，只要在山头上站一会儿，就会把鼻子冻得通红，这个山坡由此得名红鼻子坡。但在这个时节，风再冷，也不至于冻红鼻子了。

小岛南端的弁天岬是他们排演西部电影的舞台。海岬西侧的海岸是一片布满石灰岩的石滩。沿着这些石灰岩向前走，就来到歌岛最神秘的地方，一个岩洞的入口。这是一个小小的洞口，宽一米半，高七八十厘米。从洞口钻进去，沿着弯弯曲曲的小路前行，里面就会慢慢变得开阔，最后到达一个三层的洞窟。来到这里之前的路伸手不见五指，但洞窟里却充满昏暗混沌的光。这个洞穴在看不到的深处连通着海岬，从东海岸涌入的海流在深沟中涨起落下，暗潮汹涌。

几个坏小子手持蜡烛，走进了洞穴。

“嘿，小心啊，危险。”

他们在黑漆漆的洞穴中匍匐前行，互相看着对方。烛光在大家脸上勾勒出威严的脸谱，威武的模样从黑暗中浮现出来。于是，大家又恨不得对方被烛光照亮的脸上再长出一脸粗犷的络腮胡来。

这几个坏小子分别是阿宏、阿宗和阿胜。他们正准备深入山洞里面，寻找印第安人的宝藏。

抵达洞窟后，他们终于站起身来。最前面的阿宗起身时刚好顶到一个厚厚的蜘蛛网。

“哈哈，戴这么多头饰，那你当酋长吧！”

阿宏和阿胜朝他起哄。

不知哪个古人曾在这里的石壁上刻下梵文，现在上面已经长满了青苔。他们把三根蜡烛立在那些梵文下方。

从东海岸涌进沟壑的海潮猛烈地击打着下方的岩石，发出巨大的响声。怒涛的巨响与在外面听到的响声完全不同。汹涌的海浪声在下方产生回声，回声沿着石壁传上来，在洞窟里回荡。整个洞窟天旋地转，震动轰鸣。他们想起一个传说：阴历六月十六日到十八日之间，会有七只不知从何处来的大白鲨，出现在这个洞窟里。想到这里，几个少年顿时害怕起来。

玩游戏的时候，少年们常常随意确定自己的角色，敌方我方自由切换。因为头顶的蜘蛛网，阿宗被另外两个伙伴指定扮演酋长。而另外两人不再扮演刚才的边防兵，转而扮演印第安侍卫，询问酋长海浪声为何发出这么可怕的回声。

阿宗也心领神会，在蜡烛下面的岩石上正襟危坐，神态威严。

“酋长大人，属下有一事不明。海浪的回声为何如此可怕？”

阿宗用威严的语调回答说：

“那声音？是神明震怒了。”

“请问酋长，我们应该怎么做，才能让神明息怒？”

阿宏问道。

“这个嘛，只能贡献祭品祈祷了。”

三人分别拿出母亲给的、或偷偷从家里拿出来的脆饼或包子，放在报纸上，将其供奉在沟壑旁的岩石上。

酋长阿宗从两人中间走过去，肃穆地走到祭坛前，跪在石灰石上，高高举起双手，即兴念了一段奇妙的咒语，上身做出夸张的动作，开始祈祷。阿宏和阿胜也跟在他身后，和酋长一起祈祷。石板的冰冷穿透裤子触到膝盖。在此期间，阿宏感觉自己也仿佛变成了电影中的人物。

幸好，神明很快就息怒了，浪声稍微平静下来。大家围坐在一起，吃起上过供的脆饼和包子。这样一来，感觉这些东西比平常美味十倍。

突然，洞窟更加剧烈地震动起来，下方溅起高高的浪花。在昏暗中转瞬即逝的浪花，宛若一幅白色的梦幻景象。大海疯狂地摇晃洞窟，发出剧烈的轰鸣，好像要伺机把围坐在岩洞内的这三个印第安人卷入大海。阿宏、阿宗和阿胜这回真的害怕起来。不知从哪里吹来一阵乱风，在岩壁的梵文下方摇曳的三根蜡烛颤抖起来，其中一根被风吹灭了。少年们的恐惧达到了顶点。

但是，他们平日里总爱跟对方吹嘘自己胆子大，谁也不肯服输。于是，在少年快活的本能的驱使下，他们马上借着游戏掩饰了心中的恐惧。阿宏和阿胜这两个胆小的印第安侍卫浑身颤抖，演出战战兢兢的样子。

“哇，好可怕，好可怕。酋长大人，神明震怒了。请问酋长大人，神明因何如此发怒？”

阿宗坐在石头宝座上，像酋长一样优雅地颤抖着身子。听阿宏这么问，突然想起这几天大家偷偷议论的话题，便想到以此作为答案。当然他并没有任何恶意。他首先清了清嗓子，这样说道：

“因为岛上有奸情，有不端。”

“酋长大人，您说的奸情，所指何事？”

阿宏说。

“阿宏，你不知道吗？就是你哥哥和宫田家的女儿初江上床啦。神明就是因为这件事才发怒的。”

听到阿宗说到哥哥，阿宏感觉这一定是有损名誉的事，暴怒起来，逼问酋长。

“我哥和初江姐姐咋啦？上床是啥意思？”

“你不知道吗？上床的意思，就是男人和女人在一起睡觉。”

说了这番话的阿宗，其实也不清楚比这句话的字面意思更多的内容。但阿宏知道这个解释又给刚才的那些话抹上一层浓厚的侮辱性色彩。他气急败坏地朝阿宗扑了过去，抓住他的肩膀，狠狠地打了一拳。但打斗很快就结束了。因为，阿宗方才被阿宏狠狠地推了一把，撞到墙上的时候，原本苟延残喘的两根蜡烛也倒在地上熄灭了。

现在，岩洞里光线昏暗，三人只能隐隐约约看到对方的轮廓。阿宏和阿宗对峙着，气喘吁吁。但他们逐渐明白，倘若两人在此扭打起来，搞不好就会酿成不可挽回的大祸。

“别打了。太危险了。”

阿胜开始劝说。三人点着火柴，找到蜡烛，默不作声地从石洞里爬了出来。

——三人再次回到外面明亮的阳光下，顺着岩石走到海岬的后面。这时，三个好朋友又互相敞开心扉，仿佛忘了刚才打架的事，唱着歌，走到了海岬后面的小路上。

……古里海滨多石滩，

弁天八丈岩，矗立在这庭院海滩边……

歌岛的古里海滨位于海岬西侧，是岛上最美的海岸。海滨的中央耸立着一块叫作八丈岛的巨岩，大约有两层楼那么高。岩石顶上蔓生的爬地松旁，站着四五个坏小子，正朝这边一边挥手，一边大声呼喊。

三人也挥手回应他们。这条小路两边都是松林，松林中柔软的草地上，一簇簇红色的紫云英正在盛开。

“哇，拖网船。”

阿胜指着海岬东侧的大海。那边，庭院海滩环抱着一个美丽的小小海湾，湾口附近停着三艘等待涨潮的拖网渔船。这种渔船在航行中操纵拖网进行打鱼。

阿宏吃惊地喊了一声，和朋友一起朝着耀眼的大海眯起眼睛。但刚才阿宗的话依然沉甸甸地压在心头。随着时间的流逝，那些话也仿佛淤积在心里，越来越沉重。

到了晚饭时间，阿宏饿着肚子回到家里。哥哥还没有回来。母亲一个人蹲在火灶旁边，往里面塞着柴火。木柴噼里啪啦地发出响声，火像风一样呼呼作响，锅里呼呼地冒出饭香。家里只有在这个时候，才能掩盖住厕所的气味。

“娘！”

阿宏伸开四肢，在榻榻米上躺成一个“大”字。

“咋了？”

“有人说我哥和初江姐姐上床了，这是什么意思？”

不知何时，母亲已经离开炉灶边，坐在了阿宏旁边，眼睛里发出异样的光，再加上后脑上凌乱的头发，样子十分恐怖。

“阿宏，这些话你从哪里听来的？是谁说的？”

“阿宗。”

“这话可不能再说了，要不然我可不饶你。跟你哥哥也不能说。你要敢说一句，几天都不管你饭吃。听见了没有？”

——对于年轻人之间的情事，母亲一向比较宽容。到了渔娘下海的季节，她也一向不喜欢与人一起围着篝火说一些家长里短。但若自己儿子的情事被人如此恶意传播，那她也必须执行一个母亲应尽的义务了。

那天晚上，等阿宏睡熟后，母亲贴在新治耳边，小声叮问：

“有人在背后说你和初江的闲话，这事儿你知道吗？”

新治摇头否认，却满脸通红。母亲一时间不知如何是好，但还是努力保持冷静，以无比的直率直截了当地问道：

“你们睡过了？”

新治又摇了摇头。

“就是说，你没有做那种让人在背后说闲话的事儿，对不对？”

“对。”

“行。那我也就没什么要说的了。你做事可得小心，村子里人多嘴杂。”

……但是，事态并没有朝着好的方向发展。第二天晚上，适逢庚申祭的聚会。这是女人一年中唯一的一次聚会。母亲刚一出现，大家就一脸扫兴的样子，闭口不言了。原来，她们刚才是在说闲话。

翌日晚间，新治去参加青年会的聚会，若无其事地走进房间。明亮的电灯下，桌子旁坐着几个青年，原本正聊得火热，可看到新治进来，就马上不说话了。只有海浪的声音回荡在这个破败的房子里，仿佛这里空无一人。新治像往常一样倚在墙边，抱住膝盖默默地坐下。大家换了一个话题，又像往常一样开始了热烈的讨论。支部长安夫今天罕见地提前到了，在桌子对面爽快地对新治点头致意。不懂得怀疑的新治也报以微笑。

有一天，太平丸渔船的午餐时间，龙二好像终于忍不住，开口说：

“新治哥，我好生气啊。安夫哥到处讲你的坏话。”

“哦。”

新治表现出一副男子汉的气概，笑而不语。渔船在柔缓的春波中轻轻摇晃。原本寡言少语的十吉这时罕见地插进话来。

“我知道。我知道。那是安夫嫉妒你。那小子仗着他老爹，混账得很。他见你突然变得这么有女人缘，当然嫉妒了。新治，你不用在意。万一有什么事，我站在你这边。”

安夫散播的谣言很快传遍了整个渔村，成为人们街头巷尾的谈资。所幸初江的父亲还没有听说这件事。然而，有一天，在澡堂里发生了一件足以让人们谈论一整年的大事。

在这个渔村里，无论家里多么有钱，自家都没有浴室。这一天，宫田照吉也和大家一样，来到澡堂洗澡。他傲慢地用头顶开澡堂的布帘，威风凛凛地走进去，用力扯下身上的衬衣，扔向衣筐。一不小心，衬衣和腰带落在筐外的地上。照吉咂巴着嘴，用脚趾勾起掉在地上的衣服，再次甩进筐里。周围的人战战兢兢、唯唯诺诺地看着他。其实，他这样做不过是为了炫耀自己老而不衰。对于他来说，这种机会所剩不多了。

他那已经衰老的身体的确依然蔚为可观。赤铜色的四肢没有明显松弛的痕迹，锐利的眼睛和倔强的额头上方，长着一头乱蓬蓬的白发，像狮鬃一样直立在头顶。因为常常喝酒而变红的胸脯和头顶的白发形成鲜明的对比。因久无用武之地，隆起的肌肉已经变硬，就像海边的岩石，被海浪反复冲刷后，显得越发险峻。

照吉可以说就是这座歌岛的化身，他代表着辛苦的劳动、坚强的意志、无限的野心，以及充沛的力量。在他的身上，充满了第一代创业者的旺盛精力，稍显粗鲁野蛮，却又有一种狷介不屈的品性。他拒绝在渔村担任一切公职，反而因此受到历任村长的敬重，大家对他从不怠慢。在他身上，优点和缺点各占一半，几乎可以相互抵消。一方面，他对天气拥有令人吃惊的预测能力，在捕鱼和航海方面拥有无人能比的丰富经验，而且自信比任何人都熟悉这个渔村的历史和传统。另一方面，他又脾气暴躁性格顽固，常常与人发生争执，爱表现出滑稽可笑的傲慢，一把年纪仍动不动就与人争吵起来。总之，这个老人的行为举止在其有生之年都会像是一尊铜像，没有人会觉得奇怪。

他拉开了澡堂的玻璃门。

里面有很多客人。浓浓的水雾中，看不清人们的脸。浴池里的流水声、木桶发出的明快的撞击声、人们的谈笑声，这些声音交杂在一起撞到天花板上，发出的回声在澡堂中回荡。人们劳作一天后的解脱感伴着丰沛的温水，一起满溢出来。

照吉进浴池前从来不肯先冲洗身子。他总是大摇大摆地迈着步子，走进浴室，直接进入浴池。无论水多热，他都不介意。他对心脏和脑血管的关心程度，甚至还不如他对香水或领带的关心程度。

在浴池中洗澡的人，只要看到对方是照吉，即便被溅一脸水，也会毕恭毕敬地朝他点头致意。照吉将整个身子泡进热水中，只留下傲岸的下巴浮在水面上。

在浴池旁冲洗身体的两个年轻渔夫没发现照吉走进来，肆无忌惮地说起照吉家的闲话。

“宫田老爷真是老糊涂了。自己女儿被人糟蹋了身子，他还蒙在鼓里呢。”

“久保家的新治这小子真是挺能耐的。一直以为他还是个小孩，没想到还真有两下子，倒是眼尖手快啊。”

浴池中的洗澡客都听得战战兢兢，纷纷低下头，不敢直视照吉的眼睛。照吉的身体已经被温水泡得通红，但他表面上依然平静，若无其事地从浴池中站起来。然后，提起两个水桶，从水槽里打满凉水，走到两个年轻人身边，冷不防地将两桶冷水倒在他们头上，又对着他们的后背踹了两脚。

年轻人被肥皂沫挡住了视线，原本想马上出手反击，但一看到对方是照吉，就缩起了脑袋。老人手上沾满了肥皂沫，他揪住两个年轻人的脖子，拉到浴池边。两人的脑袋被可怕的蛮力按进水里。老人分别用两根粗壮的手指紧紧地捏住两人的脖子，就像涮东西一样，在水中摇晃两人的脑袋，令其相互撞击。洗澡的客人纷纷站起身来，面面相觑。宫田照吉斜睨了他们一眼，也不冲洗身子，就转身迈开大步离开了澡堂。

第十一章

第二天，太平丸渔船的午餐时间，船长十吉从烟盒中拿出一张叠好的纸片，笑眯眯地递给新治。新治伸过手来。

“你得答应我，看了这封信，也不能泄气，还得好好给我干活。”

“我不是那种男人。”

新治说的简短，却语气坚定。

“好了。这可是咱们男人之间的约定。今天早晨，我从宫田老爷家门口路过时，初江偷偷跑出来，慌慌张张地塞给我一张纸条，又慌慌张张地跑开了。我心想，自己都一大把年纪了，没想到还有人给我写情书，可把我乐坏了。可是打开一看，开头一句话写的竟然是‘致新治哥’。可气死我了，本想把信撕个稀巴烂，扔进大海里，可又觉得你太可怜了，就帮你带了过来。”

新治接过信。船长和龙二笑了起来。

新治用骨节分明的粗壮手指小心打开那张叠得小小的纸片，生怕把它弄破了。纸缝里的烟灰落在手心里。信上的字起初是用钢笔写的，但写了几行好像就没了墨水，后面的字用的是淡淡的铅笔。稚拙的字体写着如下内容：

"……昨天我爹在澡堂里听到有关我们的谣传，回来后大发雷霆，不准我再跟你见面。我一再跟他解释，但你也知道，我爹就是那种人，这些解释对他根本没用。晚上你们打鱼回来后、早晨出门前，他都时刻盯着我，不准我出家门一步。轮值打水的事，他说也要拜托邻家的婶子代劳。我一点办法也没有，心里很难受。休渔的日子，爹一天到晚在旁边监视我。我怎么才能跟你见面呢？请一定要想个办法。寄信也不敢通过邮局，那里都是熟人。我每天会把信放在厨房前面的水缸下面。请你把回信也放在那里。你自己来取太危险了，可以拜托一个可信的朋友帮你来取。我刚来岛上不久，还没有真正信任的朋友。真的，新治哥，你一定要坚强地活下去。我每天都对着娘和哥哥的灵位祈祷，让他们保佑新治哥平安无事。佛祖一定能明白我的心意。"

新治读着信，想到自己和初江被人这样硬生生地拆散，脸上就蒙上阴云，而想到女人对自己的这番真心，脸上又忽地洋溢出喜悦，就像阴云和阳光交替着出现在他的脸上。等他读完信，十吉又马上把信夺了过去，好像是在行使“信使”理所当然拥有的权利。为了让龙二也听一下，十吉摇头晃脑地大声读了起来，配上像浪花曲的调子，简直就像是唱戏。他自己读报刊时也总是用这种调子。新治知道他没有任何恶意，但心爱之人饱含真情的信，被他这样一读就听起来有些滑稽。新治不由得有些伤心起来。

但是，十吉却被这封信感动，中间几次停下来长吁短叹。读到最后，他竟然像平常打鱼时发号施令那样，大声感叹了一句：

“女人可真聪明！”

在中午寂静的大海上，方圆百米之外都能听得清清楚楚。

十吉一直缠着新治讲讲两人的故事。新治推脱不过，而且船上也没有旁人，于是他就对这两个信任的伙伴讲了起来。他不擅长讲故事，讲述时前后没有逻辑，有时还会遗漏重点，把一件事情从头到尾完整讲完要花很长时间。过了很长时间，才终于讲到关键的地方。他说两人在暴风雨那天赤身裸体拥抱在一起，却什么也没有做。这时，平日不苟言笑的十吉笑得前仰后合。

“换我就好了，换我就好了。真可惜！没跟女人上过床的人，可能就会这样吧。这女子也真是个正派人，你可能也是拿她没办法。就算这样，也真是太傻了。不过，没关系啦，等她过了门，每天大战十次，很快就找补回来了。”

龙二比新治小一岁，听着船长的这些话，似懂非懂。新治也不像城里长大的初恋少年那么容易受伤。成年的哄笑，并没有伤害他，反而令他感到温暖。缓缓的海浪轻轻地推着渔船，让他的心逐渐恢复了平静。把一切都说出来，心里平静下来后，这个劳动的地方变成了他无可替代的安歇之处。

龙二每天早晨从家到海港都要经过宫田照吉家。因此他主动提出帮新治取初江放在水缸下面的信。

“从明天起，你小子就是邮局局长了。”

平常很少开玩笑的十吉这样说道。

两人每天的情书成了三人在渔船午休时间的主要话题。三人一起分享信的内容，一起为之悲伤，一起因其愤怒。第二封信的内容尤其引起三人的公愤。初江在来信中，详细讲述了安夫深夜跑到山泉旁边意图侵犯她的经过，写了他当时威胁她的那些言辞。她还说自己信守承诺，没有向父亲告发此事，可安夫却恼羞成怒，为了泄愤而在村里到处散播谣言。照吉禁止她和新治见面后，她马上向父亲解释了事情的原委，也揭露了安夫的恶劣行径，可父亲却完全没有要教训安夫的意思。安夫一家仍然与照吉家来往密切，经常过来串门。最后初江写道：请新治哥一定放心，我绝不会给安夫任何可乘之机。

龙二替新治打抱不平，义愤填膺。很少生气的新治脸上掠过愤怒之色。

“就是嫌我穷吗？”

新治开口道。他从来没有这样发过牢骚。最让他感到羞愧的，并非贫穷本身，而是自己不够坚强，以致终于忍不住说出这种话来。眼泪在眼眶中打转。但年轻人紧绷着脸，拼命忍住突然涌出的泪水，没有露出难堪的哭相。

十吉这次没有笑。

喜欢抽烟的他有一个怪癖，那就是每天交替着抽烟袋和卷烟。今天正逢抽卷烟的日子。在抽烟袋的日子，他常常用黄铜烟管敲打船帮。船舷因此凹进去一小块。他爱船如命，便决定隔天抽一次烟袋，别的日子则用自制的黑珊瑚烟管插上新生牌香烟，抽卷烟。

十吉口中叼着黑珊瑚烟管，从两个年轻人身上转开视线，看着远方薄雾笼罩的伊势海。透过朦胧的雾霭，隐隐约约可以看到知多半岛前端的师崎海岸。

大山十吉的脸庞像皮革一样坚韧。就连深深的皱纹里面的皮肤，也晒得一样黑，发出皮革般的光芒。他的眼神依然敏锐而富有生气，但已经失去了年轻时的清澈，浑浊物无情地沉淀在眼球中，就像他的皮肤一样，不再畏惧任何强烈的阳光。

多年的捕鱼经验和年龄让他明白，遇到这种事情，只有静静地等待。

“我理解你们的想法。你们肯定是想去揍安夫一顿出气吧？可那样做根本没用。干吗跟那种傻子计较？新治，我知道你心里难受，但现在最重要的是忍耐。就像钓鱼一样，必须有耐心才行。会好起来的。什么都不用说，正义也一定能赢。宫田老爷不是傻子，不会不分好歹的。安夫这小子，你们不用搭理他。反正邪不压正就是了。”

村里的传言晚一天和邮局每日递送的邮件及粮食一起，传到了灯塔长一家人的耳朵里。千代子听说照吉禁止初江与新治见面后，内心生出一种负罪感，情绪跌落到谷底。新治不可能知道那些子虚乌有的流言蜚语是千代子散布出去的——至少她这样认为。但是，看到新治来送鱼的时候垂头丧气的样子，千代子无论如何也不忍直视那张脸。另一方面，千代子莫名其妙的情绪低落，也让她善良的父母不知所措。

春假就要结束了，到了千代子回东京的日子。她心里混乱极了。她不敢告诉新治是她把事情传了出去，但又觉得回东京之前必须乞得新治的宽恕。也就是说，她希望得到理应并没有生气的新治的原谅，又不想告诉他自己做错了什么。

于是，回东京的前一天晚上，千代子住到了邮局局长家。第二天天未明，她就来到忙碌的海滨。

点点星光下，人们正忙着为出海打鱼做准备。渔船放在“算盘”上。随着众人的吆喝声，渔船勉勉强强地挪进水里。只有裹在男人头上的白色手帕和毛巾清晰可见。

千代子的木屐一步步陷入冰冷的沙子里。沙子又悄无声息地流过她的脚背。所有人都忙得不可开交，没有人注意千代子。日常的营生单调枯燥，却又富有强大的力量。这个生命的旋涡紧紧地缚住这些人的手，燃烧着他们的身体与心灵，没有人像自己这样专注于儿女私情。想到这里，千代子顿时感到羞愧难当。

千代子的眼睛正拼命地在昧旦的昏暗中寻找新治的身影。每个男人都是同样的打扮。在昧旦的昏暗光线中，难以分辨他们的脸。

一艘船终于被拖下了水。它就像突然松了绑，轻松地浮在海面上。

千代子不由得走向那边。一个男人头上裹着白毛巾，正要纵身跳上船。千代子叫了一声，他回过头来。微笑的脸上，露出整齐的皓齿。千代子认出那是新治。

“我今天就回学校了。过来跟你道别。”

“这样啊。”新治沉默不语。他好像不知道自己应该说什么，极不自然地回了一句：“……再见。”

新治着急出海。千代子也知道他要着急出海，因此比他更着急。她不知道该说些什么，更无法向他坦白自己的所作所为。她闭上眼睛，祈祷新治在自己面前多停留一会儿，哪怕多一秒钟也行。这时她才明白，自己之所以祈求得到他的宽恕，不过是一种披着假面的伪装，而自己真正想要的不过是他的温柔。

千代子到底希望对方原谅自己什么呢？这个固执地认为自己长相丑陋的女孩，不由得问了一个她一直藏在心底而且或许是除了这个年轻人外对谁都不会启齿的问题。

“新治，我有那么丑吗？”

“啥？”

年轻人一脸疑惑地反问。

“我的脸，有那么丑吗？”

千代子希望自己的脸在昏暗中能稍微显得好看一些。但或许是心理缘故，东方大海的方向好像已经泛白了。

新治当即做出了回答。他着急出海，这才避免了迟疑可能对少女带来的心灵伤害。

“哪有啊，很漂亮。”他单手搭在船舷上，一只脚已经跃起来，准备跳上船，同时又说道，“很漂亮啊！”

大家都知道，新治不是那种会甜言蜜语的人。但是，对于这个唐突的问题，他在事出突然的情况下给出了一个贴切的回答。船开动了。新治站在渐行渐远的渔船上，开心地朝岸上挥手。

岸上留下了一个幸福的姑娘。

……那天早晨出发时，千代子的父母都从灯塔下山送行。和父母说话的时候，千代子的脸上依然神采奕奕。灯塔长夫妇不知道女儿为何在回东京的时候如此开心，困惑不解。渡船神风丸离开了码头，千代子独自站在暖融融的甲板上，从今天早晨开始就不断反刍的幸福感在孤独中得到了升华。

“新治说我长得漂亮！他说我长得漂亮！”

千代子依然不停地重复着从那一瞬间开始已经重复了几百遍的内心独白。

“他真的这样说了。仅仅如此就足够了。我不能奢望更多了。他真的这样对我说了。有这句话，我就心满意足了。我不能再奢望他爱我。他有自己喜欢的女人。我到底做了些什么啊。我真是太坏了。我出于嫉妒，让他变得不幸。他却说我长得漂亮，以此回报我的背叛。我必须赎罪……我要尽我所能，回报于他——”

这时，海面上传来奇怪的歌声，打破了千代子的沉思。从伊良湖水道的方向开来很多渔船，船上竖着很多小红旗。歌声是那些船上的人唱的。

“那是什么？”

千代子问船长年轻的助手。他正在卷缆绳。

“是去伊势朝拜的船。船员携家带口，从骏河湾的烧津或远州方向乘鲣船，前往鸟羽。他们会插上很多小红旗，上面写着船名。在船上喝酒、唱歌、赌博什么的。”

红旗越来越清晰。这些远洋渔船开得较快，离神风丸越来越近。乘着风传来的歌声甚至变得有些嘈杂了。

千代子又在心里重复了一遍。

“他说我长得漂亮！”

第十二章

就这样一来二去，春天很快就要结束了。树木变得越发葱郁。东侧的岩壁上丛生的文殊兰花期还早，但岛上已经姹紫嫣红，各种花儿争奇斗艳。孩子们白天去上学，有些渔娘潜入冰冷的海水里捞取裙带菜。大部分人家整个白天家里都没有人，但也不掩大门，窗户敞开着。蜜蜂随意飞进寻常的渔民之家，在空荡荡的房子里飞来飞去，有时一头撞到镜子上，大吃一惊。

新治不擅长思考，他想不到见初江的办法。两人原本就难得一次约会，但当时至少还有希望，等待下次见面的期间，只要忍耐一下就好了。可是，现在想到自己无法见到初江，相思之情便与日俱增。但是，他曾经对十吉保证要好好工作，不能随便歇班。于是，他只好在每天打鱼回来后，等到路上没有了行人，再跑到初江家附近徘徊。有时，二楼的窗子打开，初江从里面伸出脑袋。除非月亮正巧照在脸上，一般情况下女人的脸都会笼罩在阴影里。但是，年轻人拥有非凡的视力，连她湿润的眸子也能看得一清二楚。初江唯恐被邻居听到，不敢出声。新治也只能站在后院菜园的墙根后面，默默地抬头看着少女。第二天龙二捎来的信中，会详细地记述这种短暂的约会给她带来的痛苦。新治读完信，才终于把她的模样和声音联系在一起。头一天晚上看到的初江那默默无言的模样，这才终于有了声音和动作，变得生动起来。

这种幽会也让新治感到非常痛苦。有时，他晚上干脆跑到岛上人迹罕至的地方，漫无目的地四处徘徊，疏解心中的烦闷。有时，他会跑到海岛南部的尼奇王子古墓那里。古墓没有明确的区隔，不知道到底是从哪里到哪里，但墓顶有七棵松树，松树之间有一个小小的鸟居和石祠。

尼奇王子的传说语焉不详，甚至连“尼奇”这个古怪的神名都不知道是哪里的语言。旧历新年的时候，一对六十多岁的老夫妇在这里依照古法举行祭拜仪式时，会打开一个奇怪的箱子，里面隐约可以看到一种像笏一样的东西，但不知道这件秘密的宝贝和王子有何关联。早些时候，这个岛上的孩子都称呼自己的母亲为“爱雅”，据说可能是因为王子当年称呼自己的妻子为“海雅”，他的孩子便学着样子，称呼自己的母亲为“爱雅”，后人以讹传讹，便都以

“爱雅”称呼母亲了。

不管怎样，据说在很久很久以前的远古时期，一个遥远国度的王子乘着一艘用黄金打造的大船漂流到这座岛上。王子娶了岛上的姑娘，死后葬在王陵。王子的一生没有留下任何传闻，那些容易被人附会或假托的各种悲剧故事都没有被安放到这位王子的身上。若这个传说是真的，那么这就暗示着王子在这个岛上度过了无比幸福的一生，以至于未能留下任何故事。

或许尼奇王子是一个下凡的天使，降临到这块陌生的土地上。王子在凡间度过了不为人知的一生。在他的一生中，幸福与天宠始终环绕着他。因此，他没有给世人留下任何故事，就结束了一生，尸体被人葬在这个可以俯瞰美丽的古里海滨和八丈岛的王陵里。

——但是，现在，一个不幸的年轻人在他的石祠周围彷徨徘徊。走累了，就坐在草地上，抱着膝盖茫然眺望月光下的大海。月晕预示着明天将会下雨。

第二天早晨，龙二去取信时发现水缸木盖边缘倒扣着一个金属盆，防止信被雨水打湿。到了傍晚，雨依旧下个不停。新治冒雨劳作了一天，中午休息时拿出信来，小心翼翼地放在雨衣下面，读了起来。信上的字迹难以辨认。初江说她怕一大早打开灯的话，父亲会起疑心，就在被窝里摸索着写下了这封信。她解释说，之前都是在白天有空的时候写信，早晨出渔前“投递”出去，但今天早晨突然有件急事要告诉新治，便撕掉昨晚写好的长信，重新写了一封。

初江在信上说自己昨天做了一个吉梦。神托梦告诉她，新治其实是尼奇王子转世，很快就能和她喜结良缘，生下麟儿。

初江不可能知道新治昨天曾去尼奇王子的古坟参拜。新治惊奇于两人之间这种奇妙的感应，决定今晚回家后给初江回信，告诉她印证这个吉梦的证据。

自从新治开始赚钱养家，母亲就不必在海水还冷的时候辛苦下海了。她想等到六月份再下海。但随着气温的上升，向来闲不住的她开始不满足于只做点家务了。只要一闲下来，就总会胡思乱想，这样实在不行。

儿子的不幸遭遇一直挂在母亲心上。和三个月前相比，现在的新治简直就像变了一个人。虽然他依然和往常一样沉默寡言，但是以前即便沉默不语，脸上也总是洋溢着年轻人特有的神采。

一天，母亲上午缝补了一下衣衫，下午便无事可做，闲得无聊，开始茫然地思考如何才能帮儿子摆脱不幸的。这个家里照不进阳光，但透过邻家库房的房顶能看到一片小小的天空，洋溢晚春和煦的光彩。她突然站起身，走了出去。走到防波堤前，望着下方的海面上溅起的海浪。她和儿子一样，只要一遇到什么事情，就会出来和大海商量。

防波堤上到处都晾晒着拴章鱼罐的缆绳。在几乎没有渔船的海滩上，也晾晒着很多渔网。母亲看到一只蝴蝶从张开的渔网一路横冲直撞，朝防波堤飞了过来。那是一只美丽的大黑凤蝶。它是要在这渔具、沙子和水泥地之间寻找新奇的花朵吗？渔民的家里都没有像样的庭院，只有路边有一些用石头砌成的小小花坛。蝴蝶好像已经厌倦了那些贫瘠的花丛，才飞到海边来。

防波堤外面，海浪卷起海底的泥沙，浑浊的黄沙沉淀在海底。海浪扑过来时，海底就泛起沉沙。母亲看到蝴蝶很快飞离了防波堤，要在浑浊的海面上休息一下翅膀，又突然高高飞起。

“好奇怪的蝴蝶，学海鸥的样子。”

她心想。这样一想，注意力全都被蝴蝶吸引过去了。

蝴蝶高高地飞起来，准备逆着海风离开海岛。海风看似轻柔，却用力地拍打着蝴蝶柔弱的翅膀。即便如此，蝴蝶依然飞向高空，离海岛越来越远。母亲盯着远去的蝴蝶，直到它在耀眼的空中变成一个黑点。蝴蝶一直在视野中拍打着翅膀。或许是被大海的辽阔与光芒蒙蔽了眼睛，原以为邻岛近在眼前，却绝望地发现自己要去的那个地方其实很远。于是，它又迅速转身，沿着海面低低地飞回防波堤，停在一根晾晒的绳子上休息。绳影上多了一个粗大的绳结。

母亲从不相信任何暗示或迷信，但这只蝴蝶的徒劳让她变得心情阴郁起来。

“这只笨蝴蝶。要是想去别的地方，停在轮渡上不就行啦。”

然而，不需要去岛外办事的她，也已经有很多年没有坐过轮渡了。

——新治的母亲心里，此时不知为何突然涌起一股鲁莽的勇气。她迈着坚定的步子，快步离开了防波堤。途中，一个渔娘跟她打招呼，见她也不回话，像被勾了魂似的只顾闷着头往前走，吃了一惊。

宫田照吉是这个渔村最有钱的人。但他家的房子也不过是新建的罢了，屋顶的房瓦并不比周围的人家高耸气派。院子没有大门，四周也没有围墙。房门左侧是厕所的淘粪口，右侧是厨房的窗，它们就像女儿节人偶台上的左大臣和右大臣一样分坐在两边，光明正大地向世人宣示它们在这个家里拥有相等的地位。就这一点构造来说，和别人家也没有什么不同。不过，这栋房子建在斜坡上，作为仓库使用的水泥地下室坚实地支撑着上面的房子。地下室的窗户紧贴着小巷的地面。

厨房的旁边放着一个足以放进一个人的大水缸。上面盖着一个木盖，初江每天把信放在下面。木盖看似一丝不苟，兢兢业业地守护着水缸里的水，确保不落进一粒尘埃。可是，到了夏天，依然无法避免蚊虫的尸体在不知不觉间落进来，漂浮在水面上。

新治的母亲正要迈步走进去，又突然犹豫起来。自家平常跟宫田家没有什么来往，若是这样贸然去宫田家拜访，被村子里的人看到，一定又会说闲话。她匆忙回头看了一眼。周围没有一个人影，只有路上走着两三只鸡，身后那户人家的院子里稀稀拉拉地开着几朵杜鹃花，蓝色的大海在花叶下方若隐若现。

母亲捋了捋头发，但头发仍然被海风吹得凌乱。身上穿着平常穿的衣服，黝黑的脸庞不施粉黛，连着晒得黝黑的胸口。下身穿着一条打满补丁的劳动裤。脚上穿着木屐，裸露的脚面也晒得黝黑。由于渔娘常常潜入海底，上来时要用力蹬一下海底，脚趾因此变得伤痕累累，也越发强壮。脚指甲变得尖锐且弯曲，外形一点都不美观，但双脚一旦迈开步子，就步伐坚定，绝不会动摇。

她走进土间。土间里凌乱地摆放着几双鞋子，其中一双倒扣在地上，另外一双系着红带的木屐好像刚从海边回来，上面留着脚印形状的湿沙。

家里没有一点儿声音，弥漫着一股厕所的气味。土间的光线昏暗。里面房间的正中央，一块包袱大小的姜黄色阳光清晰地落在地上。

“你好。”

母亲喊了一声。等了一会儿。没有人回应。她又喊了一声。

这时，初江从旁边的楼梯上走下来，说道：

“哎呀，婶儿。”

她穿着一件朴素的劳动裤，头上扎着一条黄丝带。

“这头绳可真好看。”

母亲恭维说。她一边说，一边上下打量这个让儿子朝思暮想的姑娘。她的面容好像有些憔悴，脸色变得有些苍白。黑色的眸子显得越发清澈，目光炯炯有神。初江看到对方这样打量自己，不由得羞红了双颊。

母亲坚定了勇气。她要面见照吉，诉说儿子的无辜，表露儿子的真情，让他答应两个孩子在一起。这种事情，只有双方父母出面才能解决……

“你爹在家吗?”

“嗯。”

“我有话跟你爹说，你去帮我叫一下。”

“嗯。”

少女一脸担心地上了楼。母亲在门槛上坐下来。

等待的时间十分漫长。要是带点烟来就好了。她心里想。等着等着，心中的勇气渐渐萎靡。她逐渐意识到自己心中怀抱的幻想多么不切实际。

楼梯突然嘎吱嘎吱地发出轻响。初江走了下来。但刚刚走到楼梯的中段，她就微微扭转身子，说道：

“婶儿……我爹……他说不见你。”

楼梯处光线昏暗，她低着头，看不清她的脸。

“不见我？”

“嗯。”

这个回话让母亲的勇气严重受挫。屈辱的感觉生出另一种强烈的情绪，控制了她。大半辈子的操劳和守寡后无以言表的辛酸一股脑儿地全都涌上心头。一条腿才刚刚迈出大门，她就喷着唾沫破口大骂起来：

“好呀，你不想见俺这穷寡妇。让俺别再进你家门。那俺也跟你说，你告诉你爹，你家的大门，俺再也不进第二次。”

母亲不想把吃了闭门羹的经历告诉儿子。她乱发脾气，憎恨初江，不停地说初江的坏话，反而因此和儿子冲撞起来。第二天一整天，母子二人谁也不搭理谁，但转天就又和好了。突然想抱住儿子痛哭一场的母亲对儿子坦白了自己去找宫田照吉却吃了闭门羹的经历。而新治其实已经通过初江的来信知悉了一切。

母亲对儿子讲述这件事的时候，略去了自己破口大骂的情节。初江不想伤害新治，信中也对这段只字未提。因此，只有母亲吃了人家闭门羹的屈辱深深地刺痛了新治的心。温柔善良的年轻人虽然不能赞同母亲说初江的坏话，但也觉得这件事情有可原。他以前从不对母亲隐瞒自己对初江的思慕之情。但是，在这一刻，他下定了决心：除了船长和龙二，再也不会对任何人说起自己对初江的思念。他做出这个决定，是出于对母亲的一片孝心。

而母亲则因为失败的善举陷入了孤独。

若是休渔，新治一定会整日长吁短叹，无法见到初江的一天会显得更加漫长。因此最近都没有休渔日反而成了一件幸事。两人一直不得相见，转眼到了五月。一天，龙二给新治带来一封让他欣喜若狂的来信。

“……明天晚上，父亲难得待客。是津市的县政府来的客人，要住在我家。父亲每次招待客人，一定会喝很多酒，早早就会睡下。晚上十一点左右我一定能溜出来。请在八代神社里面等我……”

这一天，新治打鱼回来，换上崭新的衬衫。母亲不知内情，一脸担心地看着儿子。她感觉好像又看到了暴风雨那天的儿子。

新治已经充分品尝了等待的苦楚。所以，让女人等就好了。但他做不到。等母亲和阿宏睡下后，新治就走了出去。距十一点还有足足两个小时。

他原本打算去青年会打发一下时间。海滩上，灯光从房间里洒落出来，里面传来今晚将在此留宿的年轻人热烈的讨论声。他觉得他们又是在说自己的闲话，便转身离开了。

走到防波堤上，夜晚的海风吹打着年轻人的脸。他突然想起自己从十吉那里听说初江身世的那天傍晚，曾经在远方的海平线上看到一艘白色的货船以天边的暮云为背景在海面上驶过。当时，自己心中涌出一阵莫名的感动。对于自己来说，那是“未知”。远观“未知”时，心是平静的，而一旦乘上这艘“未知”的大船，不安、绝望、混乱和悲欢等所有情绪，就一股脑儿地扑了过来。

今天，原本是应该高兴的日子，可是他的心里却有一点气馁。他大致明白其中的原因。今晚见到初江后，她一定会要求自己快点想办法。私奔？两人都生活在这座孤岛上，就算是私奔，又能跑到哪里去呢？新治也没有自己的船，不可能乘船离开这座小岛，而且关键是根本没有钱。殉情？岛上倒是有人殉情。但新治觉得那种人都是自私的，心里只有自己而没有别人。这个稳重踏实的年轻人当然拒绝殉情这种方式。他从未想过自杀，更重要的是他还有必须抚养的家人。

时间在他思来想去的时候飞快地流逝。不擅长思考的年轻人吃惊地发现，原来思考还有一个意外的功能，就是可以打发时间。但是，这个稳重踏实的年轻人依然果断地放弃了思考。因为他最先从这个名为思考的新习惯中发现的，不是它的功能，而是它潜藏的巨大危险。

新治没有手表。或者说他根本不需要手表。他拥有一种奇异的才能，无论在白天还是在晚上，他都能通过本能准确地感知时间。

比如斗转星移。他虽然并不擅长精确测定星辰的移动，但他能通过身体感知夜空的循环往复，白天的日升日落。只要置身于与自然相关的地方，就一定能准确地感知大自然的秩序。

新治在八代神社社务所入口的台阶上坐下来时，听到了十点半的钟声。神官的家人已经熟睡，四周悄无声息。新治将耳朵贴在雨窗上，听到挂钟在寂静中敲响了十一点的钟声，一共响了十一下。

年轻人站起来，穿过昏暗的松树林，踏上两百级石阶。天上没有月亮，一层薄薄的云笼罩着天空，只能看到几颗星星。即便如此，石阶的石灰石依然聚拢了夜晚仅有的微光，悬挂在新治的脚下，宛若一道庄严的巨大瀑布。

伊势海壮观的景色完全笼罩在夜色中。知多半岛和渥美半岛上灯光稀疏，而宇治山田一带则灯火通明，连成一片，中间没有一点间隔。

年轻人穿着崭新的衬衫，感到颇为自豪。这耀眼的洁白，即便站在台阶的最下一层，也能一眼看出来。在第一百阶的地方，松枝从左右两边伸过来，在台阶上投下一片阴影。

……一个小小的人影出现在石阶下方。新治的心高兴得怦怦直跳。木屐发出坚定的脚步声，在周围产生与那小小的身影不太相称的剧烈回响，也看不出气喘吁吁的样子。

新治想跑下去迎接，但他忍住了。既然等了这么久，他自然拥有在山顶悠然等待的权利。若等到能看清她脸庞，或许自己就会按捺不住，忍不住喊着她的名字，飞奔下去了。可是，等她走到哪里，才能看清她的脸呢？是第一百阶那儿吗？

——这时，脚下传来异样的怒吼。那个声音听得清清楚楚。是在喊初江的名字。

走到稍微宽阔些的第一百级台阶处，初江突然停下脚步，胸口剧烈地起伏。父亲照吉从松树的阴影中走出来，一把抓住了她的手腕。

新治看到父女二人激烈地争吵了几句的样子。他凝然伫立在石阶的最上面，好像被绳子绑住似的一动不动。照吉看都不看新治，拽住女儿的手就往山下走去。年轻人保持着同样的姿势，脑子仿佛麻痹了一般，像卫兵似的茫然伫立在石阶的最上面。父女二人走下石阶，向左一转，不见了踪影。

第十三章

对于岛上的年轻姑娘来说，渔娘下海的季节就像城市里的孩子即将迎来期末考试一样令人郁闷。上小学二三年级的时候，她们就通过在海底捡石子的游戏学习潜水的本领，又因为孩子们在游戏中争强好胜的心理，自然而然地会取得进步。但到了真正下海的年纪，原本随心所欲的游戏变成了艰苦的工作，所有女孩都会心生畏惧。春天才刚刚开始，她们就变得郁郁寡欢，希望夏天能迟一些来到。

冰冷的海水，令人窒息的海底，海水流进泳镜时那种难以形容的苦痛，差两三寸就能抓到鲍鱼时袭击全身的恐惧感和虚脱感，还有各种各样的创伤，踩着海底浮上水面时被尖利的贝壳划伤脚趾，硬撑着不适的身体潜水时像灌了铅一样沉重的倦怠感……这些经历在记忆中被不断地打磨，恐惧感在记忆的反复中逐渐升级。就算在梦无缝可入的熟睡阶段，噩梦也常常突然把她们叫醒，让她们透过安详平和的被窝周围的黑暗，看到自己掌心中的大量汗水。

但是，年纪大一些的已婚渔娘则不一样。她们从海底上来后总是放声高歌，朗声说笑，工作和娱乐仿佛已经浑然一体。年轻的姑娘看到她们的样子，心中往往暗自发誓：自己绝不要变成那样子。然而过不了几年，她们就会吃惊地发现，自己也在不知不觉间成了经验丰富的渔娘，变得性格豁达了。

一年中的六七月份是歌岛上的渔娘最为忙碌的季节。弁天岬西侧的庭院海滩是她们的“根据地”。

这一天，烈日炎炎。虽然还没有入梅，但已经算不上初夏了。海滩上燃着篝火，烟雾随着南风飘向王子古坟的方向。庭院海滩环抱着一个小小的海湾，海湾濒临太平洋。夏云耸立在远方的海面上。

这个小小的海湾就像它的名字，宛若一个庭院。海滩周围有很多石灰岩，为在这里模仿西部电影玩游戏的孩子们提供了很好的布景。他们可以拿着手枪躲在岩石后面，朝敌人射击。岩石的表面很光滑，上面有很多像小拇指一样大小的洞，是螃蟹和海虫的寄身之处。岩石之间的沙滩是银白色的。左侧面朝大海的山崖上，文殊兰正在盛开，它的花朵不像凋落时那样蓬乱，而是坚挺地仰着头，朝蔚蓝的天空挥舞着像葱白一样性感的白色花瓣。

渔娘们围在篝火周围午休，叽叽喳喳地说笑。沙子还没有热到烫脚的程度，海水依然冰冷，但上岸后也倒不必慌忙穿上棉衣过来烤火。每个人都朗声大笑，高高地挺着胸脯，夸耀自己的乳房，甚至还有人用双手把乳房托起来。

“不算，不算，这样不算。用手托着，那算咋回事儿啊。这是作弊。”

“你还好意思说我？你那双奶子，用手托着也不管用。”

大家哄堂大笑。原来她们正在比乳房，看谁的乳房更美。

每一对乳房都晒得黝黑，既没有那种神秘诱人的白皙，也看不到静脉透出的青筋。那里的皮肤并没有显露出特别的敏感，让人感觉唯独那里与别处不同。但黝黑的皮肤被阳光滋养出了一种像蜂蜜一样半透明的温润色泽。这种颜色逐渐变浓，自然而然地延伸到乳晕，因而并非只有乳晕包含着湿润浓黑的秘密。

围在篝火周围的这一簇乳房中，有的已经像鲜花一般凋谢，也有的已经干瘪凝固，只留下一个葡萄干似的小乳头，依稀还能辨出昔日的模样。她们大多胸肌发达，托起沉甸甸的乳房，牢牢地挺在宽阔的胸脯上。这充分说明，这些乳房每天不知羞耻地裸露于阳光下，像果实一样在阳光的滋养下发育成熟。

有一个姑娘为左右两边的乳房不一样大而苦恼。一个老太婆直白地表示安慰。

“甭担心。以后有了男人，给你揉揉就变好看了。”

大家听了哈哈大笑。可那个姑娘还是一脸担心。

“真的吗，阿春婆?”

“真的。以前也有一个姑娘跟你一样。有了男人后，两个奶子变成一般大了。”

新治的母亲对自己依然水润柔软的乳房感到自豪。和年纪相仿的已婚女人相比，她觉得自己的乳房最水灵。她的乳房好像既不渴望得到爱抚，也没有经历过生活的艰辛，整个夏天一直朝着太阳仰起头，直接从太阳中汲取无尽的能量。

年轻姑娘的乳房完全没有引起她的嫉妒。但只有一对美丽的乳房引起所有人的一致称赞，其中也有新治的母亲。是初江的乳房。

新治的母亲今年头一次下海。这也是她第一次和初江长时间相处。她上次在人家门口撂下狠话后，两人见面仍然会以目光致意，但初江原本性格沉静，不怎么言语，今天也一直忙着干活，两人没有太多说话的机会。在这种“乳房选美大赛”上，也主要是一些年纪大的女人说话。新治的母亲原本心里就有疙瘩，也并不特意从初江身上扯出话题。

奇怪的是，最近这段时间，几乎没有人再说两个年轻人的闲话了。看到初江的这对乳房，就能理解为何他们之间的绯闻随着时间的流逝而自然消失了。任何女人看到初江的这对乳房，就绝不会再怀疑她的清白。因为那对乳房一看就不可能受过男人的抚摸。它们就像一对含苞待放的花朵，令人不禁想象这对花苞盛开时的娇姿。

两个乳房像一对小小的山丘，分别托起一个粉嫩的花蕾。中间有一道峡谷，那里的皮肤晒得黝黑，却依然细嫩柔滑，洋溢着早春清冽的气息。四肢发育良好，乳房也不甘示弱，与发达的四肢保持着一致的步调。但是，这团有点僵硬的隆起，依然沉浸在苏醒前的睡梦里，仿佛只要用羽毛轻轻一拂，微风轻轻一吹，便能将它从睡梦中唤醒。

这对健康的处女乳房，形状美观。老太婆突然伸出粗糙的手掌，摸了一下它的乳头，把初江吓得跳了起来。

众人见状，哈哈大笑。

“阿春婆，你体验到男人的感觉啦？”

老太婆两手揉搓自己那对干瘪发皱的乳房，大声说道：

“什么啊。她那是没熟的青桃子。俺这奶子是老缸咸菜，更入味。”

初江笑着甩了甩头发。一片透明的绿色海藻从头发里落下来，掉到闪闪发光的沙滩上。

午饭时间，一个熟悉的异性伺机从岩石后面走了出来。

渔娘们故意发出尖叫，慌忙放下盛便当的竹筒，捂住乳房。但是，实际上她们根本没有吃惊。这个不速之客其实是每个季节都会来岛上走街串巷卖东西的商贩。她们之所以故意表现出害羞的样子，是在取笑他上了年纪。

老头穿着皱巴巴的裤子，白色的开襟衬衫。他把背上的大包袱解下来，放到岩石上，擦了一把汗。

“看把你们吓的。要是你们这么不欢迎我，那我可就走啦。”

老商贩知道，在海滩上展示商品，最能激起渔娘们的购买欲，因此他才故意这样说。渔娘来到海边就变得比平常舍得花钱。让她们在这里选好商品，晚上再把商品送到各自家里，收取货款。而且，渔娘们也愿意在阳光下分辨衣服的配色。

老商贩把商品拿出来，摆在岩石后的阴凉里。女人们大口嚼着各种食物，围在这些商品的周围。

浴衣、简便夏装、童装、和服腰带、裤子、衬衣、和服腰带夹……

老商贩打开扁木箱的盖子，里面塞得满满的，都是各种商品，琳琅满目。有美丽的饰品，还有零钱包、鞋带、塑料提包、头绳、别针等，五颜六色。女人们纷纷赞叹。

“哪个都想要。”

一个年轻的渔娘直言不讳地表达了自己的想法。然后，众多黝黑的手指伸向商品。她们仔细检查并品评着这些商品，互相议论这些商品是否适合自己或对方，半开玩笑似的跟商贩讨价还价。结果价值近千日元的手工浴衣很快就卖出去了两件，混织的薄腰带也卖出去一条，还卖出了很多零零碎碎的小商品。新治的母亲花两百日元买了一个塑料购物袋，初江买了一件适合年轻人穿的白底牵牛花浴衣。

商品的意外销量让老商贩开心极了。他长得干瘦如柴，花白的头发剪得短短的，脸上长着黑斑。牙齿被烟草的焦油染成了污浊的黄色，说话时吐词不清。若是抬高嗓门，就越发听不清楚。但不管怎样，他脸上那种像抽筋一样颤抖的笑容和夸张的动作，让这些渔娘以为他完全是无私的奉献。

他用留着长指甲的小拇指，用杂货箱里飞快地取出两三个好看的手提包。

“你们看，这个蓝色的呢，适合年轻人，棕色的适合中年人，黑色的适合老年人。”

“那俺要适合年轻人的。”

方才的那个老太婆又接过话茬。大家听了又哄堂大笑起来。老商贩见状，又抬高了嗓门。

“新款时尚塑料手提包，一个售价八百日元。”

“哎哟，这么贵啊。”

“这肯定是要谎价。”

“没要谎，一口价八百日元。为了感谢各位惠顾，我今天准备免费送给你们一个。”

女人们纷纷摊开天真的手掌，伸了过去。老商贩故作夸张的样子，用力推开了那些手。

“一个，我只能送一个。今天我准备大放血，设立一个近江屋大奖，祝愿歌岛村繁荣昌盛。你们比赛，谁赢了，我就送给谁。年轻人赢了送蓝的，中年人赢了送棕的……”

渔娘们都屏住呼吸，拭目以待。若是运气好，今天就能白得一个八百日元的手提包。

这个商贩见大家不说话了，便认定自己已经成功收拢了人心。他曾经当过小学校长，因为作风不检点而失去公职，现在沦落成走街串巷的商贩。想起过往的人生，他打算再当一次运动场上的指挥者。

“歌岛村对我有大恩。所以，我希望比赛有利于歌岛村的发展。各位，要不就比捉鲍鱼吧，怎么样？接下来以一个小时为限，谁捉的多谁就赢。捉的最多的那个，就可以拿走这个奖品。”

他在另一块石头后面郑重其事地铺开包袱，在上面摆好奖品。这几个塑料皮包实际上也就价值五百日元左右，可经过他这样一番故弄玄虚，看起来就真像是价值八百日元的商品了。那个适合年轻人的奖品是一个浅蓝色的箱形包，像新船一样鲜艳的瓷蓝与亮闪闪的镀金锁扣形成鲜明的对照，异常精美。适合中年人的棕色提包也是箱形的，人工鸵鸟皮的纹理做工精致，乍一看几乎可以以假乱真。只有适合老年人的那个提包不是箱形的，但无论是金色的细长拉链，还是长方形的船形造型，都精致考究，显得雍容华贵。

新治的母亲想要那个适合中年人的棕色提包，最先举手报了名。

第二个举手报名的人是初江。

一共有八人报名参加比赛。八个渔娘乘着渔船离开了海岸。掌舵的是一个胖胖的中年女人，她不参加比赛。八人当中，只有初江是年轻姑娘。那些知道自己总归赢不了而放弃比赛的年轻姑娘都为初江加油鼓劲。留在海滩上的女人各自为自己喜欢的选手呐喊助威。渔船沿着石滩，由南向东驶向海岛的东侧。

留在岸上的渔娘们围着老商贩唱起了歌。

这里的海湾一片蔚蓝，海水清澈见底。若没有海浪卷起海底的泥沙，就能清楚地看到海面下圆鼓鼓的岩石，包裹在红色的海藻中，好像贴着海面，但其实却在深深的海底。海浪从岩石上面经过时，那里就会鼓起来。海浪的纹理、曲线和泡沫在海底的岩石上投下影子。眼看着海浪高高地掀起，下一秒钟就撞碎在石滩上，发出轰鸣，仿佛一声长长的叹息，在石滩上回荡，淹没了渔娘们的歌声。

一个小时后，渔船从东面的石滩开了回来。因为是比赛，八个渔娘花费了比平常大十倍的力气，都已经筋疲力尽。她们赤裸着上半身，默默地靠在对方的背上，各自看着不同的方向。凌乱的湿发与别人的头发缠在一起，难以区分。还有两人冻得抱在一起互相取暖。乳房上起了鸡皮疙瘩。黝黑的裸体迎着过于通透的阳光，看起来就像溺死者苍白的浮尸。渔船缓缓地开了回来。船上悄然无声，与岸上的喧闹相比，完全是另外一幅景象。

八个渔娘下了船，赶紧坐到篝火旁的沙地上。没有人出声。商贩从大家手中一一接过鱼篓，大声数着里面的鲍鱼。

“初江姑娘第一名，二十只。”

“久保太太第二名，十八只。”

第一名和第二名，初江和新治的母亲瞪着布满血丝的疲惫眼睛盯着对方。岛上最老练的渔娘输给了在岛外长大的练达的少女。

初江默默地站起身，走向岩石领奖。然后，她拿回来的奖品是一个适合中年人的棕色手提包。少女把提包塞到新治的母亲手上。母亲的脸上燃起了喜悦的光彩。

“为啥把这个给我……”

“上次我爹对您说了一些不该说的话，我一直想找机会跟您道歉。”

“这姑娘了不起。”老商贩喊道。大家也都纷纷交口称赞，劝新治的母亲接受她的心意。于是，新治的母亲拿出一张纸来，小心翼翼地包好，夹到裸体的腋下，大方地表示感谢：“谢谢你了。”

母亲直率的心接受了少女的谦让。少女的脸上露出微笑。我儿子选媳妇有眼光，母亲心想。——岛上的政治就是这样运行的。

第十四章

梅雨期间，新治每天度日如年。初江的信也收不到了。那天，她父亲跑到八代神社阻挠两人见面，一定是因为发现了信，那之后便禁止女儿写信了。

梅雨季还没有完全结束时的一天，宫田照吉家的机帆船歌岛丸的船长来到岛上。歌岛丸停泊在鸟羽港。

船长首先去了宫田照吉家，之后又去了安夫家，晚上去了新治的船长十吉家，最后来到新治家。

船长四十多岁，有三个孩子。他身材高大，自负有一身力气，但为人老实本分。他是一个虔诚的法华宗信徒，若盂兰盆节的时候正好在村里，他就会代理和尚之职，也念一下经文。那些被船员称作“横滨的姨娘”或“门司的姨娘”的女人，都是船长的情妇。到了当地的港口，船长就会带着船上的年轻人去这些女人家里喝酒。这些姨娘穿着打扮质朴无华，对年轻船员照顾得无微不至。

他头发都快掉光了，半个脑袋都已经秃了。大家都说这是纵欲过度。他总是戴上一顶镶边的制服帽，以找回自己的威仪。

船长来到新治家，对母亲和新治开门见山地说明来意。原来在这个渔村里，男子到了十七八岁都要随船当炊事员，学习航海技术。炊事员其实就是甲板见习。新治差不多也到了这个年纪。他问新治能否来歌岛丸当炊事员。

母亲没有说话。新治说自己要跟十吉商量后才能答复，而船长却说他已事先征得了十吉的同意。

可是，这事有点蹊跷。歌岛丸是宫田照吉家的船。他如此讨厌新治，不可能让他来自家的船上当学徒。

"不不，你是个好船员，宫田老爷也认可这一点。我跟他提到你的时候，他也答应了。你一定要好好干。"

慎重起见，新治和船长一起去了十吉家。十吉也极力劝说新治随船。他说虽然自己从心里不舍得新治，但不能因一己之私影响年轻人的前程。于是，新治便答应了。

第二天，新治听到一个奇怪的传言。安夫也确定到歌岛丸上当炊事员，随船出航。据说安夫原本并非主动应征，但宫田照吉老爷以婚约作为条件，请他一定要跟船实习，他这才只好答应。

听到这个传闻，新治既担心又难过，同时心中也燃起一缕希望。

新治和母亲一起到八代神社祭拜海神，求得一个平安符，祈祷出行平安。

出发那天，新治和安夫随船长一起乘渡船前往鸟羽港。来送安夫的人很多。初江也在其中，但没有看到照吉的身影。来送新治的人只有母亲和阿宏。

初江没有看新治。直到船快要起航时，初江才贴在新治的母亲耳边说了一句什么，把一个小小的纸包交到她手上。母亲把这个纸包递给了儿子。

上了船之后，因为有船长和安夫，新治也不能打开纸包看。

他望着越来越远的歌岛。年轻人生长于此，自认为比谁都爱这座小岛，而这时他却突然意识到自己正迫切地希望离开这里。之所以答应船长的邀约，也是因为希望离开这座岛。

海岛逐渐消失在视线里。年轻人的心突然变得平静安宁。和每天出海打鱼不同，今晚不必再回到那里了。我要自由了。他在心中呐喊。他这才知道，原来世上还有如此不可思议的自由。

神风丸在蒙蒙细雨中向前航行。昏暗的船舱里，船长和安夫躺在榻榻米上睡着了。上了船之后，安夫一直没有开口跟新治说话。

年轻人把脸凑到滴着雨水的圆窗旁边，借着窗外的光线，打开了初江的纸包。里面装着八代神社的护身符，一张初江的照片，还有一封信。信上这样写道：

“往后每天我都要去八代神社，为新治哥祈祷平安。我的心是属于你的。请一定平安健康地回来。送你一张我的照片，代我随你远航。这是在大王崎拍的。这次的事，父亲嘴上虽然没说，但他特意安排你和安夫一起跟船，我觉得他是有所考虑的。我感觉看到了希望。请一定加油，千万不要放弃希望。”

这封信给年轻人带来了勇气。他感觉手腕顿时充满了力量，生存的意义在全身沸腾起来。安夫还在酣睡。新治借着窗外的光，深情地看着少女的照片。照片中的少女，倚在大王崎粗壮的松树上。海风吹起她的裙摆，穿过去年夏天的白色连衣裙，绕着她的肌肤打着旋。年轻人想起自己也曾像海风一样将少女揽入怀中，心中萌发了无限的勇气。

新治一直盯着放在圆窗旁的照片，迟迟不舍得收起来。这时，在烟雨中变得朦胧的答志岛从照片后面向左缓缓地移动起来……年轻人心中再次失去了平静。希望会让人变得痛苦，这是爱情的奇妙之处。但这对于他来说，这种感觉已经并不新鲜了。

渡船开到鸟羽港时，雨已经停了。云层裂开一道缝隙，洒下一缕淡淡的银色阳光。

停泊在鸟羽港的船大多是小型渔船，载重一百八十五吨的歌岛丸格外引人注目。三人跳到在雨后的阳光下闪闪发亮的甲板上。闪亮的雨滴顺着白漆船桅落下来，庄严肃穆的吊车在船舱上方蜷着身子。

船员还都没有回来。船长把两人带进客舱。这个房间大约十二三平方米，在船长室的隔壁，厨房和食堂的上方。除了柜子和铺着地板及草席的地方，就只有右侧放着两张上下床，左边放着一张上下床，还有一张机械长的单人床。天花板上贴着几张宛如护身符的女明星照片。

新治和安夫被分配到左侧的那张上下床。除了机械长外，一等航海士、二等航海士、水手长和操作员也都住在这间客舱。但因为总会有一两个人出去值班，有这几张床就足够了。

船长又带他们参观了船桥、船长室、船舱和食堂，让他们回客舱休息，等船员们回来，说完就离开了。留在客舱里的两个人对视了一眼。心里没底的安夫首先妥协了。

“现在就咱俩相依为命了。之前在岛上虽然发生了很多事，但希望我们以后能和睦相处。”

“嗯。”

新治简短地回答，微微一笑。

——到了傍晚，船员们回来了。他们大多都出身歌岛，也都认识新治和安夫。他们带着浑身的酒气，先跟两人开了一番玩笑，然后向两人交代了他们每天要做的事情和各种任务。

明天九点起航。新治很快得到了任务，负责明天黎明时从船桅上取下停泊灯。停泊灯就像陆地上人家的雨窗，关掉它的时候就说明要起床了。那天晚上，新治几乎整夜未眠。等到第二天一早，太阳还未升起、周围刚刚泛白的时候，就去取下了停泊灯。黎明的光线裹在蒙蒙细雨中。港口的两排路灯一直通往鸟羽车站。火车站传来货车浑厚的汽笛声。

年轻人爬上裸露的桅杆。船帆收了起来，湿漉漉的桅杆冰冷。海面的微波舔舐着船底，引起微微的颤动，准确地传递到桅杆上。渗入蒙蒙细雨的第一束晨光照在停泊灯上，呈现出温润的乳白色。年轻人把手伸向吊钩。停泊灯好像不愿被人摘掉似的，剧烈摇晃起来。湿淋淋的玻璃罩里面，火焰闪烁着光芒，水滴落在年轻人仰起的脸上。

新治思忖：下次再摘停泊灯，会在哪个港口呢？

被山川运输公司租用的歌岛丸将木材运到冲绳，然后返回神户，往返大约需要一个半月的时间。船经过纪伊水道，中途停靠神户港，然后一路向西穿过濑户内海，在门司接受海关检疫。之后沿着九州东岸一直向南，在宫崎县日南港申领出港许可证。那里设有海关办事处。

九州南端的大隅半岛东侧，有一个叫作志布志湾的海湾。濒临这个海湾的福岛港，位于宫崎县的边境，电车的下一站就是鹿儿岛县。歌岛丸在福岛港装船，装上了一千四百石木材。

船离开福岛后，便被视为国际航线的远洋船只。经过两天两夜或三天两夜的航行，才能抵达冲绳。[1]

……客舱中央铺着五六平方米的薄木板。不装船或闲暇的时候，船员们就胡乱躺在那里，打开便携唱片机听听音乐。这里唱片很少，大多唱片都已经布满了划痕。生锈的指针拨动伤痕累累的唱片，流淌出低沉的歌声。所有歌曲的主题都是咏叹海港、水手、雾、对女人的回忆、南十字星、酒或者叹息。机械长对音乐一窍不通而且五音不全。他决定每次航海都要学会一首歌，可根本学不会，或者即便学会了，到下次航海时也会忘个精光。轮船突然剧烈摇晃时，指针就会随之倾斜，划伤唱片。

1　1945 年之后，美军占领冲绳，1972 年将施政权归还日本。

夜里有时大家也进行漫无边际的高谈阔论。诸如“关于爱情与友情”“关于恋爱与结婚”“有无与盐水点滴瓶一样大的葡萄糖点滴瓶”之类的题目，就足以让大家热烈讨论几个小时。最后，谁能自圆其说谁就是胜利者。在岛上担任青年会支部长的安夫常常高谈阔论，条理清晰，令船上的前辈船员也佩服不已。但新治却总是默不作声地抱住膝盖蹲坐在地上，微笑着倾听大家的发言。有一次，机械长对船长说，那小子一定是个傻子。

船上的生活非常忙碌。早晨起来就要打扫甲板，所有杂务都推给新人负责。安夫经常偷懒打滑。不久，人们就都看不下去了。因为他做事实在敷衍。

由于起初都是新治帮安夫完成他的工作，大家没有马上看出他的本性。一天早晨，安夫原本应该打扫甲板，却假装上厕所，回到客舱休息。水手长发现后大发雷霆，安夫的回答却理直气壮。

“等老子回到岛上，就是宫田老爷家的女婿。以后连这艘船都是老子的。”

水手长听了这些话火冒三丈，可想到或许真的有这种可能性，就再也没有正面责骂过安夫，但他却把这个傲慢无礼的新人说的这番话悄悄告诉了同事。结果反而对安夫不利。

新治每天都很忙碌，只有晚上睡觉前或出去值班的时候，才有机会看一眼初江的照片。他小心翼翼地珍藏着那张照片，不让任何人看到。一天，安夫又开始吹嘘自己将会成为初江的丈夫，新治罕见地进行了一次缜密的复仇。

“那你有初江的照片吗？”他问安夫。

“嗯，有啊。”

安夫立刻回答。新治知道他明显在说谎，心中顿时洋溢着幸福。过了片刻，安夫若无其事地问新治：

“你有吗？”

“有什么？”

“初江的照片。”

“我没有。”

这大概是新治有生以来第一次撒谎。

歌岛丸抵达了那霸。接受海关的防疫检查，入港，卸货。轮船被要求在这里停泊两三日。他们原本想从运天港装载碎铁运回内地，申请转航禁港的运天港，却迟迟未获许可。运天港位于冲绳县北部，是战争时期美军首次登陆的地方。

一般船员不允许下船，每天只能在甲板上遥望荒岛上的秃山。美军进驻冲绳时，害怕山上有掩埋的地雷，就放火烧山，毁掉了山上所有的树。

朝鲜战争已经告一段落，但岛上的景色依然有一种不同寻常的风情。仍在演习的战斗机终日发出轰鸣，港口周围宽阔的马路在亚热带夏日的阳光下闪闪发光，无数的车辆来回奔驰。有小轿车，有卡车，也有军用汽车。沿路应急建造的美军驻军家属房散发出沥青耀眼的光泽。普通民家低矮的屋顶上拼接的白铁皮在这幅风景中画出丑陋的斑点。

只有一等航海士获准登岛。他要去山川运输的承包公司叫来代理商。

回航运天港的申请终于获得批准。歌岛丸开进运天港，将碎铁装上了船。这时新闻里预报台风即将来袭，冲绳岛在其范围内。为了尽早逃到台风的圈外，轮船一早就离开了港口。只要一路朝内地狂奔就好了。

早晨下着小雨。海上波涛汹涌，刮着西南风。

身后的群山很快就看不见了。歌岛丸凭着罗盘针在能见度很低的大海上狂奔了六个小时。气压计的数值迅速下降。海浪越来越大，气压低得非同寻常。

船长决定返航运天港。狂风撕裂雨线，几乎看不清前方，返航的六个小时可谓一场生死考验。终于看到了运天的山。熟悉这里地形的水手队长走到船头观测情况。港口周围是连绵两海里的珊瑚礁，海面上没有浮标指引，从那些珊瑚礁之间穿过非常困难。

“停止！……前进！……停止！……前进！”

歌岛丸走走停停，缓缓地驶入珊瑚礁之间的海道。那时是下午六点。

一艘鲣船停在珊瑚礁中间避难。那艘船伸出援手，用几条缆绳将两艘船拴在一起，并排向前航行。歌岛丸终于开进运天港。海港中的海浪不高，风却越来越大。并排的歌岛丸和鲣船分别用两根缆绳和两根钢条将船头拴在海港内宽五六米的浮标上，抵御狂风的侵害。

歌岛丸上没有无线设备，完全依靠罗盘针指明航向。因此，每当鲣船的无线电报员收到诸如风向之类的最新消息，都会派人通知到歌岛丸的船桥。

到了夜里，鲣船派出四个人到甲板站岗，歌岛丸也派出三个人。他们必须好好盯住缆绳和钢条，因为它们很可能会随时断掉。

其实，浮标本身能否承受两艘船的拉力，也令人怀疑。但是，缆绳被扯断的可能性更大。在甲板上站岗的船员不断地与风浪搏斗，不止一次冒着生命危险，用海水浸湿缆绳。若是缆绳一旦变得干燥，就有可能断裂。

晚上九点，两艘船被风速二十五米的台风包围了。

晚上十一点后，轮到新治、安夫和一个年轻水手到甲板站岗。三人跌跌撞撞地爬到甲板上。像针一样的雨水打在他们的脸上。

没有办法站稳。甲板就像一堵墙挡在眼前，整个船体剧烈摇晃。海港内的波浪虽然不至于扑到甲板上，但被狂风吹散的浪花化作回旋的水雾挡住了视线。三人艰难地向前爬行，终于抵达船头的缆桩，紧紧地抱住。缆绳和钢条连接着缆桩和浮标。

夜里，二十米外的浮标朦胧不清，只有一团白影在漆黑的夜色中隐隐约约地显示出它的位置。随着钢条发出的尖锐声响，一股巨大的风团猛撞过来，将轮船高高掀起，浮标瞬间落进下方的黑暗里，显得更加渺小。

三人紧紧地抱住缆桩，对视了一眼，都没有说话。海水打在脸上，完全睁不开眼睛。周围是无边的暗夜，狂风的嘶吼与大海的咆哮反而为周边的暗夜增添了一种狂暴的宁静。

他们的任务是盯住缆绳。缆绳和钢条连着浮标和歌岛丸的缆桩，绷得紧紧的。狂躁的劲风把一切吹得东倒西歪，只有那几根缆绳扯出一条稳固笔直的直线。他们集中所有的注意力盯着那条抻直的缆绳，也因此获得了内心的安宁。

狂风时而突然停下。这一瞬间反而让他们感到毛骨悚然。一会儿，巨大的风团又猛然撞过来，将桅杆吹得剧烈摇晃，发出巨大的声响把大气推向彼方。

三人看守着缆绳，谁也不说话。在风声里，缆绳也发出刺耳的声音，时断时续。

“快看！”

安夫突然发出惊叫。钢条发出不祥的嘎吱声，缠在缆桩上的这一头好像有点松了。三人紧紧地盯着眼前的缆桩发生细微却恐怖的变化。很快，一根钢条从黑暗中弹过来，像鞭子闪了一下，撞到缆桩上，发出一声巨响。

就在这一瞬间，三人迅速俯下身子，这才没有被断掉的钢条击中身体。若万一不幸被击中，一定会皮开肉绽，粉身碎骨。钢条就像一头垂死挣扎的野兽，发出尖厉的响声，在甲板的黑暗中来回跳动，绘出一个半圆，然后终于平静下来。

三人这才明白到底发生了什么，吓得面如土色。拴住轮船的四条绳索已经断了一条。剩下的那根钢条和两条缆绳也有可能会随时断掉。

“我们快去报告船长吧。”

安夫说着，慌忙逃离了船头的缆桩。途中几次被狂风吹倒在地，费尽九牛二虎之力才终于到达船桥。安夫将这件事报告了船长。人高马大的船长显得异常冷静。至少表面上如此。

“这样啊，那差不多该拿出救生索了。天气预报上说，台风将在凌晨一点达到峰值，现在使用救生索，应该能保证万无一失。需要有个人游到浮标那里，拴上救生索。”

船长把船桥交付给二等航海士，自己带着一等航海士随着安夫来到船头。他们就像老鼠滚年糕一样连拉带拽，把救生索和新钢条从船桥缓缓地搬到船头的缆桩处。

新治和水手抬起头，用眼神询问船长应该怎么做。

船长弓下腰，大声说道：

“你们谁去把救生索拴到那边的浮标上？”

没有人应声，只有狂风呼啸。

“没人去吗？你们一群尿货！”

船长又喊了一声。安夫颤抖着嘴唇，缩起脑袋。这时，新治朗声应道：

“我去。”他这时一定在微笑。美丽的皓齿在黑暗中浮现出来。

“好，那你去吧。”

新治站了起来。他为自己刚才蜷曲着身子的胆怯模样感到羞愧。黑暗中刮来的狂风无情地击打着他的身体，但他步履坚定地走向前方。他早已习惯在恶劣的天气出门打鱼，脚底剧烈摇晃的甲板对于他来说不过就像是闹了点小别扭的大地。

他竖起耳朵仔细听。台风在他傲岸的头顶肆虐着。无论是在大自然平静的午睡身旁，还是这种疯狂的宴席，他都拥有被邀请前往的资格。他出了一身汗，雨衣的内侧湿漉漉的，后背和前胸大汗淋漓。他脱下雨衣。一个穿着圆领白衬衫的青年，赤裸着双脚，浮现在风雨肆虐的黑暗里。

船长指挥四人将救生索的一头绑到缆桩上，另一头拴上钢丝。狂风依然肆虐，作业进展十分缓慢。

绑好救生索后，船长将钢丝的一端递给新治，贴在他耳边，大声吩咐：

“缠在身上，游过去，把救生索拴到浮标上。”

新治将钢丝在腰带上缠了两圈。他站在船头，俯视大海。高高掀起的海浪撞到船头，瞬间摔得粉身碎骨，浪花四溅。黑黢黢的海浪盘踞在船底，扭动着身躯。它不断重复着不规则的运动，隐含着危险的狂躁，随时可能让一切变得支离破碎。它一会儿涌到眼前，一会儿又呼啸而下，形成一个深不见底的漩涡。

这时，初江的照片闪过新治的心头。照片藏在挂在客舱墙上的上衣口袋里。但是，这种没有意义的思绪瞬间被风吹散。他用力蹬了一下甲板，纵身跳进了大海。

船头距浮标二十米。无论是自信无人能敌的臂力，还是能绕歌岛游五圈的游泳技能，都不足以保证他游完这短短的二十米。凶蛮可怕的力量扑向年轻人的手臂。汹涌的海流仿佛一根无形的棍棒，狠狠地敲打他试图劈开海浪的双臂。身体不由自主地浮在海面上，新治使出浑身的力量与波浪顽抗，可双脚却像涂了油，完全使不上劲。浮标其实已经近在眼前，可是当新治从海浪间抬起头来时，却感觉依然和刚才一样遥远。

年轻人奋力拼搏。大海中的庞然大物逐渐后退，慢慢闪开一条水路，就像坚固的岩石被劈岩机一点点地劈开似的。

手终于摸到了浮标。可就在这时，年轻人的手突然滑了一下，整个身体又被推了回去。幸好，这时又扑过来一个海浪，将他推向浮标，胸口撞了过去。借着波浪的推力，他一口气爬到浮标上面，深吸了一口气。狂风堵住了他的鼻孔和嘴巴。这一瞬间，他差点窒息，甚至忘了下一步应该做什么。

浮标随着漆黑的海面剧烈地扭动着身躯。海浪不断地涌过来，冲洗它的半边身子，又哗啦啦地流下去。为了防止被海风吹走，新治俯下身，解开缠在身上的钢丝。打结的地方湿漉漉的，难以解开。

终于，新治解开了钢索，拉了过来。这时，他才朝轮船的方向看去。四个人伫立在船头的缆桩周围。鲣船的船头上也站着几个站岗的船员，注视着这边。虽然双方相隔只有二十米，可感觉却非常遥远。两艘拴在一起的轮船的黑影，互相搀扶着高高地抬起，又低低地落下去。

钢索的阻力较小。起初缠上去的时候不费力气。过了一会儿，突然感觉非常费力，原来直径十二厘米的救生索缠了上来。新治身体前倾，整个身子几乎都浸入海水中。

救生索的阻力很大。年轻人费了九牛二虎之力，才终于握住其中一头。救生索非常粗，连他壮实的大手也握不住。

新治不知道该如何用力。他想站稳脚跟，可狂风却不允许。一不小心，就可能被救生索拽进大海。湿淋淋的身体发烫，脸庞像在燃烧，双鬓的太阳穴剧烈颤抖。

救生索缠了一圈后，就变得轻松多了。救生索本身形成一个支点，为新治提供了一个可以凭靠的地方。

他缠了两圈，冷静地打了一个牢固的结，然后举起手来宣告成功。

他清楚地看到船上的四个人朝自己挥手回应。年轻人忘记了疲劳。快活的本能在体内复苏，衰弱的气力再次涌现出来。他朝着狂风深吸了一口气，跳进归途的大海。

甲板上放下的缆绳，将新治拉了上来。年轻人爬到甲板上。船长用厚实的手掌拍了拍他的后背。几乎令人失去知觉的疲劳支配着他的身体，是男子汉的气魄让他努力撑着。

船长让安夫扶着他回到船室。今天不值班的船员为新治擦干身体。年轻人刚一躺下，就呼呼地睡着了。无论狂风如何呼啸，都再也不会打搅他心满意足的酣睡。

……翌日清晨，新治睁开眼睛，看到一块明亮的阳光落在枕边。

透过床边的圆窗，他看到台风过后澄明的蓝天。亚热带的太阳照在光秃秃的山顶上，风平浪静的海面上闪耀着光芒。

第十五章

歌岛丸返回神户港的时间比预计晚了几天。若按原计划，船长、新治和安夫应该在阴历八月中旬的盂兰盆节之前就能回到歌岛，但最终他们却没能赶上这个重要节日。三人在渡船神风丸的甲板上听说了岛上的最新消息。据说，盂兰盆节的四五天前，古里海滨游上来一只巨型海龟。海龟立即被人捕杀，取出满满一桶海龟蛋。这些海龟蛋被人以一个两日元的价格分售了出去。

新治回到岛上，首先去八代神社拜神还愿，然后马上被十吉请到家里吃饭。新治原本不会喝酒，但硬是被十吉灌了几杯。

隔天，新治又乘上十吉的船，出海打鱼了。他没有提及这次航海的经过，但十吉已经从船长那里听说了详情。

“听说你这次立了大功。”

“没有啦。”

年轻人脸色绯红，只说了这一句，就默不作声了。若是不了解他的性格，必然以为他这一个半月都躲到什么地方睡大觉去了。

“宫田老爷没说什么？”

“嗯。”

“这样啊。”

虽然没有人提及初江，但新治也没有感觉特别失落，他在随着海浪大幅摇摆的渔船上，投身到熟悉的劳动中。这种劳动，就像一件剪裁合体的衣服，紧紧地贴合着他的身与心，没有一切忧烦潜入的余地。

一种不可思议的自我满足感笼罩在他的心头。看到白色的货船在远方的海面上驶过时，夕阳中的船影又给他带来一种与很久以前看到它时完全不同的、全新的感动。

“我知道那艘船开向哪里。无论是船上的生活，还是航行中的艰难困苦，我都经历过了。”

新治心想。至少，那艘白色的帆船对自己来说已经失去了未知的神秘。但是，在晚夏的日暮时分，拖着长长的浓烟渐行渐远的白色货船的影子里，却有一种比未知的神秘更诱惑人心的东西。年轻人通过回忆感受着自己当时奋力拽过来的救生索压在手上的沉重感。他用自己坚实的手掌触到了自己曾在远方遥望的“未知”。他觉得自己也能触到远方海面上的那艘白色帆船，在孩子气的驱使下，将骨节分明的五个手指伸向暮云渐渐罩上阴影的海面。

——暑假已经过了一半，千代子还没有回来。灯塔长夫妇焦急地等待女儿的归来。他们寄信催促，没有收到回音。再寄出信去。过了十天，对方才不情不愿地回了一封信。信上没有说明原因，只说今年暑假不回家了。

最后，母亲决定使出哭诉央求的手段，写了一封长达十页的家信倾诉思念的衷肠，央求女儿一定要回来。信用快件寄了出去。收到回信的时候，是新治回来的第八天，这时暑假已经所剩不多了。信上的内容出人意料，让母亲看了大吃一惊。

千代子在信中向母亲坦白了一切。她说自己在暴风雨的那天看到新治和初江依偎在一起从山路上走下来，便添油加醋地把这件事告诉了安夫，让两人从此陷入困境。负罪意识依然折磨着千代子的心。她说，如果新治和初江不能得到幸福，自己就没脸回岛上。但如果母亲答应从中说和，劝宫田照吉答应两人的婚事，自己就答应回家。

来信透露出一种舍己为人的悲壮情怀，善良的母亲颤抖起来。她觉得，若不妥善处理，女儿很可能无法忍受良心的苛责，选择自杀了结。灯塔长太太曾在很多书籍中读到过妙龄少女因琐事而自杀的事例。

灯塔长太太决定不把这封信拿给丈夫看。她要自己把一切处理妥当，让女儿尽快回来。于是，她穿上一件去别人家访问时穿的白色麻布正装，身上恢复了当年做女校老师时的气概，就像是要去学生家里家访，去解决棘手的问题。

通往山下的路两旁，家家户户门口都铺着草席，上面晒着芝麻、小豆和大豆等各种粮食。小小的蓝色芝麻沐浴着晚夏的阳光，一个个可爱的纺锤形阴影落在颜色清新的草席的粗纹上。从这里看到山下的大海，今天海浪不大。

灯塔长太太走下渔村主干道的台阶，白色皮凉鞋发出轻微的声响。这时，耳边传来一阵热闹的说笑声，还有富有节奏的捣衣声。

往下一看，路旁的小河边，有六七个穿着简单夏装的女人正在洗衣服。阴历盂兰盆节过后，渔娘们就闲了下来。除了偶尔去海里捞一些残存的黑海带，其他时间就会像这样勤快地洗涤家里攒下来的脏衣物。新治的母亲也在其中。没有人用肥皂，都是把衣物铺在平滑的石板上，用脚踩踏。

“哟，灯塔长太太，您今天这是要去哪儿啊？”

女人们纷纷打招呼，朝她鞠躬致意。简便夏装的下摆卷起来，水面反射的阳光在黝黑的大腿上摇曳着。

“我去一趟宫田老爷家。”

灯塔长太太说。这时，她突然意识到既然看见新治的母亲，若不打个招呼就去给人家儿子说和亲事，过于不合情理。她从石板路拐了一个弯，踏上通往小河的石阶。长满青苔的石阶容易滑倒。石阶湿滑，穿着木屐的脚下很危险。于是，她转过身，屁股对着小河，双手扶着石阶，时而扭头越过肩膀看一下小河，慢慢地走了下去。一个女人站在小河的中央，伸手扶了她一把。

灯塔长太太来到小河边，脱掉木屐，赤脚渡过小河。

对岸的女人吃惊地看着她的冒险。

灯塔长太太抓住新治的母亲，贴在她的耳边，用一种大家都能听见的音量说起了并不周全的悄悄话。

“久保太太，这种事我不该在这种地方问，你别见怪啊。你家新治和初江姑娘的事，后来怎么样了？”

这个唐突的问题让新治的母亲吃惊得瞪大了眼睛。

“你家新治是喜欢初江姑娘的，对吧？”

“嗯，是……”

“但宫田照吉却百般阻挠。”

“嗯，是……他心里憋屈。”

“那初江姑娘的心意呢？”

这番“悄悄话”，渔娘们听得一清二楚。她们忍不住七嘴八舌地插嘴。更何况，是关于初江的事情。自从上次行脚商举办的那次比赛后，所有渔娘都开始支持初江。她们也听初江讲了事情的原委，都一致反对宫田照吉的做法。

“初江姑娘也很喜欢新治。太太，是真的。可是，那个宫田老爷，竟然想招那个浑小子安夫当女婿，真是瞎了眼啦。”

“所以啊，”太太用一种老师在讲台上讲课的语气说道，“我女儿从东京给我寄来一封恐吓信，要我务必撮合两个人在一起。我现在去宫田老爷家，准备跟他谈谈，但我想在此之前应该听听新治他娘的想法。”

母亲拿起踩在脚底的儿子的睡衣，慢慢地拧了一下水。她是在思考。片刻之后，她朝着灯塔长太太深深鞠了一躬。

“这件事就拜托您了。”

其他渔娘也都在侠义心的驱使下，像河岸上的禽鸟一般，叽叽喳喳地商量起来。她们想到，若是她们代表村子里的女人跟灯塔长太太一起过去，至少人多势众，或许能震慑宫田照吉。灯塔长太太答应了。除新治母亲之外的五个渔娘匆忙拧干衣物，约定回家晒上衣物后，再到通往宫田照吉家的路口与灯塔长太太会合。

灯塔长太太站在宫田家昏暗的土间。

“你好。”

依然年轻而有活力的声音这样喊道。没有回应。门外那几个皮肤晒得黝黑的女人，热情地瞪着炯炯有神的眼睛，像仙人掌一样探头探脑地往土间里瞧。太太又叫了一声。声音在空旷的家里回荡。

过了一会儿，楼梯发出嘎吱嘎吱的响声，穿着和服便装的照吉走了下来。看来，初江不在家。

“哎呀，是灯塔长太太。”

照吉威风凛凛地站在里面，小声说道。他一般绝不给人好脸色，总是竖起像狮鬃一样的白发。看到他的样子，一般客人大抵都想逃之夭夭。灯塔长太太有些害怕，但还是鼓起勇气说道：

“我今天来找您，是有件事情要跟您谈谈。”

“是吗？请进。”

宫田照吉转身，快步走上楼梯。灯塔长太太紧随其后，五个女人也蹑手蹑脚地跟了上去。

照吉把灯塔长太太带进二楼里面的会客厅，自己坐在壁龛的柱子旁。看到来客增加到六人，他也没有表现出过于惊讶的神情。他看也不看来客一眼，只顾盯着敞开的窗户，手里摆弄着印有鸟羽药店美女广告画的团扇。

从窗户里望出去，就能看到下方的歌岛港。堤坝上只拴着一艘工会的渔船。夏日的云静静地伫立在伊势海遥远的彼方。

外面的光线越强烈，室内就显得越阴暗。壁龛中悬挂着三重县上上任知事的墨宝，摆着一对用盘根错节的树根雕成的木雕公鸡，尾巴和鸡冠巧妙地利用了分杈的细枝雕刻而成，整体上散发出树脂的光泽。

紫檀木的桌子上没有铺桌布。灯塔长太太坐在这边。五个渔娘仿佛已经忘了刚才的气势，在入口的门帘处坐成两排，开起了便装展览会。

照吉依然扭着头，默不作声。

夏日午后的闷热笼罩着沉默的房间，只有几只在房间里飞来飞去的苍蝇发出嗡嗡的响声。

灯塔长太太擦了几次汗。

过了一会儿，她终于忍不住，开口说道：

“我来找您，是为了您家初江姑娘和久保家新治先生的事……”

照吉依然扭着头沉默不语。过了一会儿，才突然冒出一句：

“初江和新治啊。”

“嗯。”

照吉这才扭过头来，脸上依然没有笑容。

“这事儿已经定下来了。新治将会成为初江的丈夫。”

几个女客顿时好像炸开了锅。照吉完全无视客人的感情，继续说道：

“不过，两个孩子现在还小，目前只算是个约定。我想等新治到了二十岁，再给他们正式举办婚礼。我听说新治他娘日子过得也很辛苦。如果他娘和弟弟愿意，把他们接过来一起住也行。若他们不愿意，我可以每个月供他们一些生活费。不过这事儿我还没跟任何人说过。

“一开始我很生气，拆散了他们。结果初江整天失魂落魄，我觉得这样下去不行，就想了一个主意，拜托船长去找新治和安夫一起跟他出海，看谁更有本事。我也让船长偷偷告诉过十吉。十吉应该没有对新治说。总之呢，事情就是这样的，船长很喜欢新治，对我说天底下再也找不到这么好的女婿。新治在冲绳也立了大功，我也改变了主意，决定招他当我女婿。总之呢……”

照吉加强了语气，说道：

“男人就要有气魄。有气魄就够。在这个歌岛上，男人不能没有气魄，门第和家产都在其次。您说呢？灯塔长太太。新治就很有气魄。”

第十六章

新治已经可以公然进出宫田家了。一天傍晚，打鱼回来的新治穿上清爽的白衬衣和裤子，两手各提着一条大鲷鱼，站在宫田家的门口，大声喊初江的名字。

初江也已经收拾妥当。他们约好一起到八代神社和灯塔报喜，表达感谢。

土间的暮色骤然亮了一点。初江从里面走了出来，身上穿着之前从行脚商人那里买来的白底牵牛花花纹的夏季和服。白底的布料在夜里看起来也十分鲜亮。

新治单手扶着门等待着。初江出来后，他突然低下头，抬起穿着木屐的一只脚在地上挥了挥作驱赶状，小声说道：

“好多蚊子啊！”

“是啊。”

两人登上了通往八代神社的石阶。明明可以轻轻松松地一口气跑到顶上，可他们却慢慢悠悠地一级台阶一级台阶地往上走。走到第一百级台阶的时候，新治突然不舍得这么快走完剩下的路。他想拉住姑娘的手，但手里的鲷鱼阻碍了他。

大自然也眷顾他们。登到山顶，扭头回望伊势海。夜空中繁星闪烁，只有几朵低垂的云在知多半岛的方向飘着，偶尔迸射出无声的闪电。浪声也不大，仿佛熟睡的大海发出健康而且有规则的呼吸，安宁而祥和。

两人穿过松树林，参拜古朴简素的小小神社。年轻人听到自己拍掌的声音高亢有力地在周围响起，感到颇为自豪，于是他又拍了一次。初江正低着头虔诚地祈祷。白色的和服布料把领口处的脖子衬得越发白皙，比任何女人白皙的脖颈都更吸引新治。

神明实现了我的所有心愿。年轻人心中又涌起幸福的感觉。两人虔诚地祈祷了很长时间。他们从未怀疑过诸神，这让他们感受到神的护佑。

社务所里亮着红红的灯光。新治喊了一声，窗户打开了。神官探出头来。新治说话不得要领，神官起初没有听懂他们到底找自己做什么，过了半天才终于明白。新治递过鲷鱼，说是敬献神前的供品。神官接过丰厚的海产，想到自己将要主持的婚礼，向两个年轻人表达了衷心的祝贺。

然后，两人从神社后面登上了松林中的山路，终于体会到夜的清凉。天已经完全黑了，秋蝉仍在鸣叫。通往灯塔的山路陡峭崎岖。这时新治已经空出一只手来，便拉住了初江。

“我啊。”新治说道，“准备参加航海资格考试，当一等航海士。年满二十岁就能参加考试。”

“好呢。”

“等我拿到证书，就可以举办婚礼啦。”

初江没有回答，羞涩地笑了。

转过女人坡，走近灯塔长家的灯光。玻璃窗上映出灯塔长太太做饭时忙碌的身影。年轻人像往常一样喊了一声。

太太打开门，看到暮色中站着年轻人和他的未婚妻。

“哎哟，你们一起来啦。”

新治递过大鲷鱼，太太用两只手才勉强接过来，大声喊道：“他爹，新治送来这么大一条鲷鱼。”

懒得起身的灯塔长依然坐在里面，喊道：

“新治啊，谢谢你总是送鱼过来。恭喜你们。快进来坐，进来坐。”

“进来坐坐吧。”灯塔长太太说完，又补充了一句，“千代子明天回来。”

年轻人并不知道自己带给千代子的感动，也不知道自己曾让千代子心烦意乱，听到太太这句突兀的附言，也没有多想。

灯塔长夫妻再三挽留两人留下吃饭，他们在这里待了近一个小时。离开时，灯塔长提出带两人参观灯塔。初江刚来岛上不久，还没有看过灯塔内部的情形。

灯塔长先带着两人参观了值班室。

灯塔长家旁边有一块小小的农田，昨天刚刚撒下萝卜的种子。从他家出发，走过农田旁边的路，登上水泥台阶，就是灯塔的值班室。这个灯塔依山势建于海边的高台之上，值班室的正下方就是悬崖。

灯塔的光形成一束雾状的光柱，在值班室濒临悬崖的一侧从右向左移动。灯塔长打开门，走进去打开灯，照亮了房间。挂在窗框上的三角尺、干净整洁的办公桌、放在桌面上的过往船只报表，还有一个放在三脚架上、朝向窗子的望远镜……

灯塔长打开窗，把望远镜调节到适合初江身高的高度。

“啊，好漂亮。”

初江用和服的袖子擦了一下镜头，又朝镜头里看，开心地欢呼起来。

新治凭着非凡的视力，给初江一一说明她指向的灯光。初江的眼睛贴在望远镜上，用手指着东方大海上闪烁的几十处点点灯光。

“那个吗？那是机船拖拽灯。那些都是爱知县的船。”

海上闪烁的无数灯光，仿佛和天上的星辰一一对应。正前方是伊良湖岬灯塔上的灯光，附近小镇的灯光散落在灯塔的后方，筱岛的灯光在其左侧若隐若现。

左前方能看到知多半岛野间崎的灯塔。右侧的丰滨町灯火通明，连成一片。中间红色的灯光是丰滨港防波堤上的灯。最右边，山顶的航空灯塔闪烁着光芒。

初江又开心地欢呼起来。一艘巨船开进了望远镜的视野。

那影像实在太美，清晰而细腻，是肉眼看不到的。大船在镜头的视野中缓缓驶过时，年轻人和她的未婚妻互相谦让着，交替观看镜头里的景象。

那艘大船好像是一艘载重三千吨的货船。甲板的散步通道里侧，能清晰地看到铺着白布的桌子和椅子。里面没有一个人影。

那个房间好像是船上的餐厅，可以看到涂着白色沥青的墙壁和窗子。这时，一个穿着白衣的男孩突然从右边走出来，走过窗前。

很快，亮起绿色前灯和后樯灯的大船开出了望远镜的视野，沿着伊良湖水道朝太平洋的方向驶去。

灯塔长又把二人带上灯塔。一层放着油瓶、油灯和油罐等，到处弥漫着煤油的气味，发电机也发出嘈杂的响声。但顺着狭窄的螺旋梯走到最上面时，却发现这里只有一个孤独的小圆屋，灯塔的光源悄然无声地住在这里。

两人透过窗子，看到光线从右往左广漠地扫过暗涛汹涌的伊良湖水道。

善解人意的灯塔长把两人留下，独自走下了螺旋梯。

灯塔顶上的这个小房间里，四壁是打磨光滑的木板。铜钉闪闪发亮，五百瓦的灯泡上罩着一个能将光源扩成六万五千烛光的透镜。这个透镜不间断地释放连闪白光，以固定的速度缓缓转动。透镜的影子照在周围的木墙上，来回移动。伴随着明治时期的灯塔特有的丁零丁零的旋转声，那影子从两个年轻人的后背上移过。

他们都感觉对方离得很近，想触碰一下对方的脸就能触到，甚至能感受到对方脸颊上像燃烧的火焰一般的炽热……两人的眼前，是一片无法预测的黑暗。灯塔上的灯光有规律地穿过那片广漠的黑暗。透镜的影子从白色衬衫和白色浴衣的后背上移过，唯独在那里变了形。

现在，新治心里想：虽然过程艰辛，但在某种道德之内他们是没有约束的，神的护佑从未离开。也就是说，这座笼罩在黑暗中的海岛守护了他们的幸福，成就了他们的爱情……

突然，初江转向新治，嫣然一笑，从袖子里拿出一个小小的粉色贝壳。

“这个贝壳，还记得吗？”

“记得。”

年轻人也笑了，露出美丽的皓齿。他也从衬衣的内口袋里掏出初江的那张小小的照片。

初江轻轻抚摸了一下自己的照片，又还给男人。

少女的眼睛里浮现出骄傲的神色。她觉得是自己的照片保佑了新治平安归来。但此时年轻人却竖起了眉毛。他知道，成功完成这次冒险，依靠的全是自己的力量。

一九五四年四月四日

译后记

《潮骚》发表于 1954 年，是继《假面的告白》《爱的饥渴》之后，三岛由纪夫最重要的作品之一，但因其故事内容与语言风格与三岛的其它作品迥异，也被认为是一部非典型的三岛作品。《潮骚》因其美丽动人的爱情故事，浅显易懂又不失典雅的语言，受到众多读者尤其是青少年读者的喜爱。虽然当时日本的文艺评论界赞否两端，但与前几部作品相比，无论是世俗喜闻乐见的内容，还是简洁而富有浪漫气息的语言，都更容易被普通读者接受，从发表当年开始共计五次改编成电影，多次入选日本中学国语教科书，可以说是迄今为止三岛由纪夫小说中最畅销、受众最为广泛的一部作品。同时这部作品也是第一部被翻译成英文出版的作品，而且在美国翻译出版上市一周，即登上《纽约时报》的畅销排行榜，这也成为三岛由纪夫文学在国际上受到关注的重要契机。

对于《潮骚》的意外畅销，三岛由纪夫曾经如此说道："《潮骚》的通俗意义上的成功与通俗意义上的接受方式，给我浇了一头冷水。"但是，这绝不是三岛由纪夫对《潮骚》这部作品本身的否定，而只是表达了一种意外与失望。被人当成单纯的青春文学或青少年读物阅读，或许才是令他产生如上挫败感的原因。

那么，《潮骚》的创作初衷与意图是什么呢？这一点首先要从《潮骚》的创作背景说起。1951年底，三岛由纪夫作为《朝日新闻》的通信员环游世界，创作了游记散文集《阿波罗之杯》，在文中盛赞希腊文化，称“希腊文化乃我眷恋之地”，对希腊的热爱一度达到了顶峰。就是在这个时期，他以古希腊小说、朗戈斯的《达夫尼斯和赫洛亚》为蓝本，创作了《潮骚》。

在小说创作期间，三岛由纪夫特意请人为其物色一个远离现代文明的小岛，最终在两个备选项中，他选择了气候温暖而且富有古典气息的“神岛”（《潮骚》中化名为“歌岛”）。他在回忆自己第一次登上神岛的感觉时称：“当时我对希腊的热爱达到了顶点，无论看到什么，都感觉这里与希腊的幻影重叠在一起。”

从以上创作背景和小说内容都不难看出，三岛由纪夫试图通过这样一个充满浪漫气息的故事，构建一个远离战后的现代日本社会（道德沦丧、价值观崩坏、所谓传统的消亡）的世外桃源，一个尚未受到现代文明入侵、没有现代文明但有自然秩序和原始道德的古代共同体。

1955年，三岛由纪夫在《神岛的回忆》中写到自己看到岛上设施逐渐完善时的忧惧：“我也希望（现代设施）可以为岛上居民的生活带来便利，物质文明的恩泽能够多少减轻妇女的劳动，但另一方面，多愁善感的我，也不禁为小岛逐渐失去那种朴素的原始美而感到惋惜。或许有些贤明的政治家在提供物质便利的同时，也可以保留海岛的野趣，但那种野趣也将会变成一种观光性的风光，就像一个时刻在意自己美貌的女人。”这段话也印证了三岛由纪夫创作《潮骚》的初衷。

关于小说的主题，小说的开头可以说开宗明义，优美的风景描写不仅为故事营造出浪漫的氛围，也奠定了这部小说的主要基调，以象征性的手法点明了小说的主题。小说的开头言称岛上有两处风景最美，一处是神社，这无疑是作者眷恋的希腊，也是他向往的“古代”，因为，在鸟居前回望，会发现这里“依然保留着上古的风貌”。鸟居代表着神灵镇守之地，而自然形成的“鸟居之松”的枯死，也象征着现代文明已经侵入这个原本与世隔绝的小岛。

另一处风景最美的地方，是山顶的灯塔。灯塔象征着小岛居民对外界的向往，然而刚到下午，海面上依然阳光明媚，它却因为东山的遮挡，早早地“蒙上了阴翳”。类似这种激情预警的象征性描写贯穿小说的始终，而将人物与自然环境或客观事物融为一体也是这部小说的特色之一。

整部小说始终围绕着这种“岛内对岛外”“原始文明对现代文明”的二元对立展开。新治、初江、久保富美、宫田照吉代表着岛上原始的自然与秩序，他们与自然为伍，与自然合二为一。而千代子、灯塔长太太、安夫，则是岛上原始自然与现代文明的接口。

作品中充满了对原始自然的赞美，对现代文明与“知性”表现出警惕，不掩揶揄。

这一点从千代子的母亲和灯塔长太太这二人的形象塑造也能看得出来。在小说中，灯塔长太太表面上是一个善良而热心的外来者，将来家里做客的姑娘视为己出，处处体现出一种基督教式的“博爱”精神，与新治母亲的“淳朴”形象形成了鲜明的对比。

新治的母亲淳朴善良，时而表现出基于人性自然的自私，然而又有着对大自然的敬畏，对神灵由衷地虔敬。而灯塔长太太的“博爱”之中，又时而流露出本性的自私。比如，新治和初江相约在灯塔长家见面时，灯塔长太太敏感地从两个年轻人的眼神中看出了一些端倪，特意提到千代子对新治的问候，让原本与初江相约而来的新治仓惶离去。“只有她的笑声独自在房间里回荡。”戛然而止的这一句话，可以说此处流露出作者浓浓的恶意。

两个母亲都曾为了她们的孩子（表面上灯塔长太太也是为了新治）鼓起勇气前往宫田照吉家。这两段描写也是前后呼应，让两个女人的不同形象变得更加鲜明。

作者的笔触对灯塔长太太表现出的恶意隐蔽而含蓄。而更直接的矛头似乎指向安夫，他是一个坏人，但不是恶人。相比于偶尔短暂回岛的千代子，安夫更多代表的是岛民对外界的向往，他表现出来的坏与丑陋是他身上沾染的外来风气。千代子不愿意岛民与她搭话，刚回来就感到百无聊赖，对歌岛没有归属感，而安夫却仍然对歌岛这个共同体有着敬畏之心，也有着强烈的归属感，譬如看到被别的岛屿抢走的浅滩，他发自本心地“皱起了眉头，不愿正视那片浅滩”。

作为安夫的对立面，也就是小说开头的苍鹰所象征的新治和他钟爱的姑娘初江，作者对他们却不吝赞誉之词，在对这两人的描写中有两个关键词频频出现。一个是“知性”，另一个则是“男子汉气概”。

新治不擅长思考，缺乏“知性”，身上散发着原始朴素、与自然和谐共生的阳刚之美。正如文中所说，这是大海对渔民的馈赠，而绝非来自知性的打磨。他不擅长思考，因此他所有的行动原则都不是来自理性，而是来自感性而果断的“男子汉气概”。日本江户时代的国学思想家在晚明人性解放思潮和复古主义思潮的影响下，将这种肯定人性与反理性的“男子汉气概”（汉字写作丈夫、大丈夫，与晚清思想中的大丈夫豪杰气质相通）当成古代日本的理想人格与自然淳朴之人性的体现。三岛由纪夫在新治身上所寄予的，或许也是这样一种理想吧。如果说安夫和千代子表现出的“坏”或“丑”，在于现代化的“教养”让他们过早地“成熟”。而新治和初江身上的美，则是因为他们的“孩子气”。比如新治虽然身材高大魁梧，却长着一张“稚气未脱”的脸庞，而他第一次看到初江时，“他就像个好奇的孩子盯着一个珍奇的物件，站在少女对面紧紧地盯着她”。冲绳之旅回来后，看到自己曾触摸过的远方的“未知”，“在孩子气的驱使下，将骨节分明的五个手指伸向暮云渐渐罩上阴影的东方的海面”。在对初江的描写中也频频使用“孩子”这个表达。比如，在废墟约会时，初江“像个孩子一样突发奇想，想趁着男人正在熟睡，烘干淋湿的衣服和身体”，而轮值夜间打水时，“倒像个喜欢非正常时间出工的孩子，兴高采烈”。与此相对，安夫则时常表现出与年龄不符的少年老成。

赞美孩子气和儿童般的心性，将其作为人性自然的体现，不是三岛由纪夫的独创。晚明反理学的开明思想家向来赞美赤子之心与童心。如李贽的《童心说》中有言，“夫童心者，绝假纯真，最初一念之本心也”，又说“道理闻见”会令人失去童心，而“夫道理闻见，皆自多读书识义理而来”。这种思想对日本江户时代的国学思想和文艺创作都曾带来重要的影响，三岛由纪夫钟爱的日本古典文学作品《雨月物语》的作者上田秋成就是其一。

在《潮骚》中，新治、新治的母亲、初江、初江的父亲宫田照吉都是拥有“童心”、保留着“孩子气”，接近自然的人，尤其是提到宫田照吉时，更说他是歌岛的化身。从这一方面来说，岛民对宫田照吉的畏惧，也是对自然本身的敬畏。

三岛由纪夫曾在《禁色》第一部的初版腰封上写道：“精神性的喜剧是我在《假面的告

白》之后执着追求的主题，但在这部作品当中，作为精神性具体化表现的老作家俊辅的对立面，我试图塑造一个完全没有精神性、像一尊美丽的石雕一样接近自然的人。”

从以上也可以看出，新治的人物形象，以及宫田照吉的描写，其实与《假面的告白》中的近江、《爱的饥渴》中的三郎，以及《禁色》第一部中的悠一可以说一脉相承，都是所谓精神性与理性（“我”、悦子等）的对立面，体现了三岛由纪夫的审美与思想的核心，是其作品的一贯主题。

从这一点上来说，《潮骚》这部作品虽然内容与语言风格迥异，似乎与三岛由纪夫的其他作品格格不入，但从小说的主题与人物形象的塑造上来说，与同一时期的其他作品其实是一体两面的不同表达，依然保留着浓厚的三岛底色。

岳远坤

二〇二〇年九月于北京

图书在版编目（CIP）数据

潮骚 /（日）三岛由纪夫著；岳远坤译 . —
北京：北京联合出版公司，2021.2
ISBN 978-7-5596-4855-6

Ⅰ . ①潮… Ⅱ . ①三… ②岳… Ⅲ . ①中篇小说—日本—现代 Ⅳ . ① I313.45

中国版本图书馆 CIP 数据核字（2020）第 267011 号

潮骚

作　　者：［日］三岛由纪夫
译　　者：岳远坤
策划机构：雅众文化
策 划 人：方雨辰
出 品 人：赵红仕
特约编辑：朱写写
责任编辑：管　文
装帧设计：typo_d

北京联合出版公司出版
（北京市西城区德外大街83号楼9层　　100088）
北京联合天畅文化传播公司发行
山东临沂新华印刷物流集团有限责任公司印刷　　新华书店经销
字数98千字　　787毫米 × 1092毫米　　1/32　　6印张
2021年2月第1版　　2021年2月第1次印刷
ISBN 978-7-5596-4855-6
定价：45.00元